源氏物語の人々の思想・倫理

増田繁夫

和泉書院

目次

凡例

一　本書に引用した資料のうち、和歌は『新編国歌大観』により、源氏物語などの文学作品は、新編日本古典文学全集・新潮日本古典集成などにより、漢文日記類は大日本古記録・史料大成などの通行している活字本に拠った。それ以外に拠ったときには、そのテキスト名をあげておいた。ただし、表記は私に改めてある。また漢文日記などの漢文表記の文献も、通読の便を考えて私に訓読して示した。

一　本文中の書物名は、わずらわしさを避けて、源氏物語などよく知られているものについては括弧を付さなかった。

一　注は、できるだけ簡略にして、なるべく専門的なものは避け、比較的入手しやすい文献をあげておいた。

はじめに

八世紀末から十二世紀末まで四百年ばかり続いた平安時代は、わが国の古代と呼ばれる時代から、次の中世と呼ばれる新しい時代へと大きく変わって行く、その過渡期にあたっている。この時期に生きた人々は、日常の物質的な生活が豊かになってくるとともに、しだいにその内面の精神生活を深化させてゆき、また繊細にしていった。古今集や源氏物語といった文学作品はその様子を具体的によく示すものである。文学作品は、その時代の人間の姿をもっとも具体的に、また全体的に表現しているところがある。古今集や源氏物語などの文学作品によく認められるような当時の人間生活のあり方、中でも平安時代の人々がはぐくみ洗練していった美意識や季節感や日常の生活感情は、その後の時代の人々にも自分たちの文化の基準として承け継がれ、大きな影響を与え続けて、「日本文化」といわれるものの源泉となっている。

平安時代の貴族たちによって形成された文化は、主として人々が身を置く自然との関係について、古今集以下の和歌に代表されるような調和的で繊細な季節感を発達させていった。人々が日常生活を営む場である住宅についても、寝殿造様式と呼ばれる独自な居住空間を造り出した。居住空間とそのまわりに四季の自然の推移をうかがわせるように風物を配置した庭園、そこで営まれる四季の秩序と調和した年中行事の整備など、人間生活のうちの感性に関わる領域においては高度に洗練された文化を完成させた。室内に春は桜花を瓶にさして飾り、秋には紅葉した枝をさす、といった生活は既に平安初期から定着していたものである。目に見える物質的なものや、感覚でとらえられる感性的なものを追求し発達させ洗練することにはたけていたのである。しかしながら、人々の物質的生活が豊かになってくるとともに求められるはずの問題、われわれはいかに生きるべきかといった問題、自己と他者との関係や男女・家族のあり方などについての倫理の追究や、社会や政治体制をどのようなものになすべきか、といった抽象的論理的な思索を要する領域においては、必ずしもわれわれの独自な思想文化というべきものを十分には生み出すことができなかった。

わが国の古代の支配階級や知識人には、早くから圧倒的に高度で完成された中国思想が浸透していたから、既に七世紀にもなると、中国の儒教思想に基づいた律令国家を組織し運営しようとするまでになっていた。しかしながら、それらの中国の先進思想の移入は、当然ながら主として完成し成熟した結果をとり入れたものであり、当時の人々にはいまだ十分に理解し実感するまでに至っていないところが多くあった。後進地域の文化のもつ宿命として、人々が日常生活を行う過程で内発的に問題を意識し思索してゆく中で、徐々に思想として形成し成熟させてゆくという過程を経ることなしに、高度な中国文化を次々と承け容れねばならなかったのである。それらの先進思想が人々の心の中に深く定着するためには、その思想の形成されてきた過程をある程度に追体験し実感できるほどに、受け容れる側の人々が成熟していなければならないが、そうした条件が整うにはやはり長い時間が必要であろう。わが国においては、やっと平安時代に入ったころから、人々がそれら外来の先進思想を追体験し内面化し始めた時期に入ったと考えられる。たとえば、わが国の人々が高度な中国文化・思想をよく代表するものと考えていた漢詩文の領域においては、九世紀後半の菅原道真の出現により、ようやく中国の詩人たちに近づき得るまでになった、とされているのもそうした事情を示すものである。

中国思想とともに、いま一つの高度の外来思想であった仏教は、六世紀末に移入されたといわれている。しかし、現世的現実主義的な性格の強い中国の儒教思想などに対して、仏教はすべての現世的世俗的なものの否定を基本とする思想であり、またその本質にすこぶる思弁的な性格もっていることもあって、当初は容易には人々に理解されず、すぐに人々の心に定着するまでにはならなかった。仏教の移入当初には、当時の仏教のもっていた現世的な性格の側面、子孫繁昌など現世利益の追求や、災害・病魔を避ける呪術としての仏教は容易に受け容れられていったけれども、仏教の本質をなすはずの現世的世俗的なものの否定の思想が、人々にもしだいに深く理解され共感されるようになってくるのは、十世紀中頃に入って日本的な浄土教が成立するようになってからである。

ただし、その初期の日本浄土教の一つとされる空也上人《こうやしょうにん》の念仏行も、乞食《こつじき》の身なりをして鹿杖《かせづえ》をもつという人目を驚かす異形《いぎょう》により、大法螺を吹き頸にかけた金鼓を打ち鳴らす喧噪の中で、間断なく念仏を高唱することにより「狂躁的エクスタシア」を得るという、(1)極度に身体感覚に訴えるものであった。またいま一つの、空也とは対照的な源信《げんしん》僧都の『往生要集』などに説かれている浄土教も、地獄の苦しみや極楽浄土の荘厳世界の生活の快さを観想することにより、「厭離穢土《おんりえど》、欣求浄土《ごんぐじょうど》」の心をはぐくむことをめざしたもので、やはりこれもまた視覚的感覚的なものを通じて菩提心を起こさせようとしたものであった。しかしながら、いまだ誰一人として行って見てきた人のいない極楽浄土なるものの存在を信じて、それにすべてを賭けようとする人々が多くなってきたことは、やはりこの時期になって人々の想像力が大きく発達してきたことを示すものである。ひたすら内省と思索により教理を理解するというにはいまだかなり遠かったけれども、この時期になると人々は徐々にその内面世界を充実させてきて、仏教の基本とする現世的なものを否定する教理にも、しだいに共感し実感できるまでになってきていたのである。

十世紀の中頃になると、出家する人の動機にも、「家の貧しく身に病あり、年老い衰へて家を出づるにあらず、ただ菩提心を起こして仏道を求めんがため（発心集《ほっしんしゅう》）」の出家、純粋な道心からする出家者が多くなってきたという。

長保三年（一〇〇一）二月三日の夜、右大臣藤原顕光の嫡子で二十五歳の従四位下左少将重家と、入道兵部卿致平親王の二男で二十三歳の従四位上権右中将源成信が、連れだって三井寺に赴き出家するというでき事があった。重家は時の右大臣の「唯一子」であり、成信は執政の左大臣藤原道長の「猶子（養子よりはやや緩い擬制の親子）」として愛顧を受けていた恵まれた若者たちであった。成信は出家の契機を、その前年の道長の重病のときに身近で看護していて、近侍の人々がこの執政者の重態を知って「人心之変改」するさまを見、また「栄華余リ有リ、門胤止ムコト無キノ人」の道長でも、命の危うくなったときにはその現世の栄華も何の益をももたらさないことを知って発心したのだ、と語ったという（権記・長保三年二月四日）。また、出家以前から重家と成信は、「無常ノ観ヲ催ス」ために、当時荒廃の甚だしかった大内裏の豊楽院《ぶらくいん》へ時々に赴いて、諸殿堂の破壊のさまを見て廻っていたという（権記・長保三年三月五日）。この二人の若者も、現世の無常のさまをまず視覚的感覚的に実感し納得しようとして、かつての荘厳を誇った大内裏殿堂の荒廃した有様を見ようとしたのである。

　この時期には前記二人の他にも、「貧・病・老」などの理由からではなしに出家する良家の若者が多かった。当時のわずかに残されている記録類に名が見えるだけでも、天元四年（九八一）から長保四年（一〇〇二）まで二十年あまりの間に、良家の子弟でいまだ若く貧・病によるとは考えられない二二人の出家者のいたことが知られる[2]。これは当時の構成員の少なく狭い貴族社会にあっては、決して少なくない数なのである。

　このようにして、十世紀に入ったころからの貴族社会は、人々がその内面世界を深化させ充実させてきていた時期であった。当時の人々が現実生活から一歩離れて、自己のあり方や人はいかに生きるべきか、といった問題を考えるときのよりどころであった外来思想の中国思想や仏教は、移入当時の人々が理解するにはあまりにも高度な思想であったがために、たやすく理解し内面化して実感するまでには至らなかったけれども、その後四百年ばかりを経て、人々がしだいに精神性を豊かにしてきたこの時期になって、ようやく一般の人々にも身近な問題として意識されるまでになってきたのである。それまでの人々は、「人間とは何か」といった形而上の問題を考えようとしたとき、高度な外来思想の儒教や仏教以外にはよりどころがなく、長くその圧倒的に高度な先進思想の支配下にあったから、人々はそれらの儒教や仏教の枠組みの外に出て考えることはできないでいた。しかも、それらの先進思想を骨肉化するまでの十分な内部蓄積をいまだもっていなかったので、その外来思想も多分に知識的な理解の段階にとどまっていたのが、この時期になって切実に実感的に考え始めるようになってきたのである。

源氏物語という文学作品の書かれたのは、まさにその十世紀末から十一世紀の初めごろであった。以下では主として源氏物語や同時代の文学作品によりながら、この古代から次の中世という新しい時代に向かって移行し始めた、過渡期の時代に生きた人々の内面生活や思考様式などについて考えてみたい。一般に文学作品には、その時代に生きた人々の内面世界や日常の生活感覚を、もっとも具体的にまた全体的に表現しているところがあると考えられる。殊に源氏物語の作者は、この時代の人々の思想や思索といった内面生活では、その最前衛にいたと認められる人であり、源氏物語は当時の人々の内面生活を、もっとも深く細かく記述している作品と考えられるものなのである。

第一章　「恥の文化」の社会に生きる人々

一　「人笑はれ」という道徳律

源氏物語に描かれている人々は、何よりも先ず自己のあり方や言動が、周りの人々や世間にどう見られているかを極度に気にしながら生きていた。特に自分が他人や世間から非難されたり笑われる対象となることを、何よりも恐れ嫌がった。当時の貴族社会はすこぶる狭いものであったから、そこで物笑いの存在になると、もはや他に身を置くべき社会はどこにもなかったので、自己の社会生活のすべてを失うことになってしまったのである。人々は自分が世間の物笑いになったり、自分についてのわるい噂が人々にささやかれることを何よりも恐れながら生きていた。

源氏物語には、「人わら（笑）へ」という語が四三例、「人笑はれ」なる語が一五例見えている。この時代の人々は、自分が「人笑はれ」の身になることを極度に恐れていたから、世間に笑われるような言動をして「恥」をかくことを避けようとしたことが、自己の行動を制御する第一の力として働いていたのである。

君（浮舟）は、けしからぬ事どもの出できて（二人ノ男トノ関係ガ知ラレテ）、人笑へならば、誰も誰もいかに思はん、あやにくに宣《のたま》ふ人（匂宮）、はた八重だつ山に籠もるとも（自分ガ深イ山中ニ隠レテモ）、必ず尋ねて、我も人もいたづらに（身ヲ滅ボスコトニ）なりぬべし。（浮舟巻）

源氏物語最終部の主人公浮舟が、生まれて以来放浪の身を続けてきた自分を拾いあげ、安定した生活をもたらしてくれた夫の薫《かおる》と、浮気者と評判の男ながら、初めて自分に生きているよろこびを知らせてくれてしだいに心ひかれてゆく匂宮《におうみや》と、どちらの男に従ったものかと迷っている場面である。実の父親からは認知されずに、母の連れ子として継父のもとで気苦労の多い生活をしてきた浮舟は、高貴な身分の薫に引き取られて、やっと落ち着いた生活を手に入れることができた。ところが、薫にはどこか自分を卑しい田舎娘と見下している心を感じて、浮舟は薫と一緒にいると息苦しく重圧感をおぼえていた。そんなときに、たまたま薫の幼いころからの友人の匂宮に言い寄られる。匂宮は色好みと評判の男であるが、浮舟は匂宮と一緒にいるときには、心身が深く解放され生き生きとしてくるのをおぼえる。匂宮は浮舟を引き取ろうというが、浮気者の宮はやがてそのうちに自分に飽きて棄て去るにちがいない、自分はこの宮にひかれてはならないのだと理性的には判っていながらも、浮舟の心はいよいよ宮にひかれてゆく。こんな関係を続けていて、そのうちに宮との関係が薫に知られて見棄てられることになれば、安定した薫との生活を棄てるとは何と愚かな女だ、と世間の物笑いになり、母や周りの人々もどんなに悲しむことだろう。だが自分が匂宮から姿を隠しても、あの宮のことだから、どこまでも探し求めて近づき、二人は共に破滅するにちがいない、どうしたものかと浮舟は迷い続けて、どちらの男をとるか決めることができずに、ついに宇治川に身を投げようと決心する。この浮舟に限らず、源氏物語の人々はすべて、他人から笑われるような行動は避けねばならぬ、と繰返し自分にいい聞かせていた。人から「笑われる」ことは何よりも大きな恥辱だったのである。

かつて柳田国男は、われわれの古くからの伝統的な社会においては、世間や他人から笑われることがどれほどに苦痛であったかについて、次のように述べている。

> 兎《と》に角《かく》に笑はれるといふことは被害であり、精神上の損傷であつた。未開人が人の笑に敏感であることは、夙《はや》く旅行者たちの観察する所であつたが、これと同じことは我々の嬰児にもある。多くの人に又は大きな声で笑はれると、意味を知らずにも泣出す赤ん坊は多い。文明人などゝいふ者の中にも、群と共に笑ひ得ないことは不愉快で又淋しい故に、時々は附合笑《つきあひわら》ひといふことをする。殊に日本人では人が笑ひ自分が笑はれる不幸を痛感する人が多かつた。三百年前の借銀の証文に、万が一返済滞るに於ては、「人中にて御笑ひ下さるべく候」と書いたものがあつたといふことは、有名な話になつて居るが、これは或二三の最も律儀なる者だけでは無く、実際この笑はれまいとする努力が、今日の道義律を打立て、又多くの窮屈なる慣習法を作つて居るのである。しかも違反者に対する制裁を、肉体の痛苦のみに限るやうになつて、社会の統一は乱れざるを得なかつた。
>
> （定本柳田国男集第七巻「笑の文学の起源」）

わが国の近代以前の社会では、他人や世間から笑われる存在になっては、もはや人はその社会で頭を上げて生きてゆくことはできなかったので、他人から笑われないように生きることに何よりも心したのである。「借銀」の証文にも、この銀の返済できないときには、人々の集まる場で自分のことを借銀を返せない奴だ、と笑われてもかまいません、と誓約するだけで認められるような社会であった。人々が世間から笑われる恥辱を避けようと努めたことが、何よりも社会の秩序を維持するもっとも重要な道徳律になっていた。ところが、近代社会になるとともに、人々にとって世間から笑われることがさほど大きな苦痛ではなくなり、社会の規律違反者たちは、ただ法律による刑罰のみによって罰せられることになってきて、社会の内面的な統一性の契機が失われてきた、というのである(3)。

おそらく柳田もまた、世間に笑われることを恐れた道徳律の時代をなつかしんでばかりいたわけではなかったであろうが、わが国の伝統的社会では、人々は自己が他人から「笑われる」ことを何よりも大きな恥辱としてきらい、それを避けることを第一にして自己の言動を律してきたことが、社会の秩序を維持する大きな力であった、というのである。この世間から「笑われる」ことを避けようとする内部規制は、早く源氏物語の時代の人々にも顕著に認められるものであった。

二　「恥の文化」と「罪の文化」

第二次大戦の敗戦直後に、米国の人類学者のルース・ベネディクトが『菊と刀』という書物を著して、西欧キリスト教諸国の人々の社会を「罪の文化」の社会と規定し、それに対する日本の伝統的な社会の性格を「恥の文化」として、両者の違いを論じて広く話題になったことがあった。

西欧キリスト教国の社会は、「道徳の絶対的標準を説き、良心の啓発を頼みにする社会」であり、人々は唯一絶対の神を内在化した「良心」によって物事の善悪を判断し、自己の行動を律しようと努め、「自ら描いた理想的な自我にふさわしいように行動する」ことを願い、また「自分の非行を誰一人知る者がいなくても罪の意識に悩む」人々により構成された「罪の文化」の社会である、というのである。

それに対して日本の伝統的な社会では、人々は自己のなそうとする行為を、自己の内面の「良心」から判断して行うのではなく、もっぱら世間が自分の言動をどう判断するかという、外面的他律的な基準に従ってなす社会であり、人々は自己のその言動を世間が非難したり、愚かなものとして嘲笑するであろうと考えるときには、できるだけそれを避けようとする行動様式をもつとする。日本の伝統的社会では、人々は隣人や世間から「笑われる」ことを何よりも大きな「恥」として恐れ、他人から「笑われる」ような言動はしないように努めた。つまり、「恥が主要な強制力となっている文化」の社

会である、というのである。(4)

「恥の文化」の社会においては、人々のなす言動についての善悪の判断は、まわりの人々や世間が行うのであるから、その言動が他人に知られることによって初めて善悪の評価の判断の対象として実在することになる。つまり、世間や他人に知られていない行為は、いまだ善悪の判断の対象以前のもの、実在しないのと同様のものなのである。したがって恥の文化の社会では、人々は自己の「悪い行いが、〈世人の前に露顕〉しない限り、思いわずらう必要はない」ということになる。それに対して、「罪の文化」の社会の人々は、「自分の非行を誰一人知る者がいなくても罪の意識に悩む。そして彼の罪悪感は罪を(神ニ)告白することによって軽減される」とベネディクトはいっている。

「懺悔」や「贖罪」の観念は、「罪の文化」の社会においては重要な人々の心の救済手段であった。ただし、それが西欧諸国の人々の心の「罪悪感」の軽減に、どの程度有効に機能しているものなのかは異教徒の私には判らない。ベネディクト自身は一度も日本にきたことがなくて、日本の「恥の文化」についてのこれらの分析は、主として日本の近世以後の文献を読んだだけでなされたものであるが、広くわが国の古代の人々についても適用できるすぐれた見解を数多く述べている。特に、「恥の文化」の人々にとっては「悪い行いが、〈世人の前に露顕〉しない限り、思いわずらう必要はない」とする指摘などは、後述するごとく源氏物語の人々にも十分に適用できるものなのである。

一般にわれわれの生きる近代社会においては、人々がその内心で社会の許容しないさまざまな「わるい行い」をなしたい、と意欲し妄想することがあったとしても、実際にそれを実行しないかぎりは、法律的な処罰の対象にはなり得ないとされている。ところが、わが国の伝統的な社会においては、人々が実際に「わるい行い」をなしたとしても、それが世間や他人に知られたときに初めて「わるい行い」として実在することになるのであり、いまだその行為が世間に知られていないうちは、いわば未生の状態にあるというべきものであり、社会的にはその物事は存在しないのと同じ、と考える社会だったのである。源氏物語の人々の生活していた社会も、まさにそうした社会なのであった。

三　他人に見られていない悪行は存在しないに同じ

人は見ることにより認知する

人間のなす「わるい行い」は、それが他人や世間に発覚したときに初めて社会的に実在するのだ、という論理は、近代人のわれわれも少しくわが身を省みれば、実は同様のあり方をしていることに心づくであろう。ただし、西欧思想の浸透したわれわれ近代人の場合には、実際にはその古来の論理によって生活していながらも、内心なにがしかの後ろめたさをおぼえている、という程度の差に過ぎないように思われる。他人には知られていなくとも、自己のなした「わるい行い」を気にするというのは、後述するように「良心」の成立が前提となるが、平安時代までの人々には「良心」という概念はいまだ明確には成立していなかったと考えられる。わが国の古代の人たちは無意識のうちに、自己の「わるい行い」も人に見知られないかぎりは存在しないのと同じ、とする論理のもとに生きていたのである。たとえば日本書紀には次のような記事が見える。

（敏達天皇）七年（五七八）春三月戊辰朔（一日）壬申、菟道皇女《うちのひめみこ》ヲ以テ伊勢ノ祠《まつり》ニ侍ラシム。即チ池辺皇子《いけべのみこ》ニ奸《をか》サル。事顕《あらは》レテ解ク。

菟道皇女は皇后息長広姫《おきながのひろひめ》の二女で、天皇の代理として伊勢太神宮に奉仕する身であったが、池辺皇子に近づかれたことが世間に発覚したことで解任した、というのである。これは後に斎宮と呼ばれて、神の妻として仕える神聖な処女の勤める役であったから、男に近づかれてはならなかった。したがって、「池辺皇子ニ奸サル」ということだけで菟道皇女の解任理由は十分であるから、ここは例えば「仍《よ》リテ解ク」などと記してもよいところである。しかし、当時の人々にとっては「事顕レテ」と、わざわざ密通のことが世間に「顕在したことにより」解任されたのだと記さなければ、落ち着かない気がしたらしいのである。古代の人々にとって、「わるい行い」に限らず一般に物事を認知するためには、まず実際にその物事を視覚により確認することが必要であった。つまり、人間のなした「わるい行い」についても、それが明確な形で世間に顕在化すること、それを誰かによって目撃されたり、実際に見た人により確言されることなどによって、その物事の確かな実在が保証されなければならなかったらしいのである。

万葉集の歌には、目の前の風景やある現象を詠んだものに、たとえば次のように「……す（動詞終止形）見ゆ」という言い方をすることが多い。

難波潟《なにはがた》潮干《しほひ》に立ちて見渡せば淡路の島に鶴《たづ》渡る見ゆ　（巻七・一一六四）

第五句の「鶴渡る見ゆ」の「渡る」という動詞は、後世になると連体形として「鶴の渡ってゆくのが見える」という意味に用いられるのが普通であるが、万葉集のころにはこの「渡る」は終止形であり、「鶴が渡っている。それが見えている」といった意味をもつ語法であった。これに対して、

和歌の浦に潮満ちくれば潟《かた》を無み葦辺をさして鶴《たづ》鳴き渡る　（巻六・九二四・山辺赤人）

と、「見ゆ」の語なしにいった例もあるが、これは鶴の「鳴き渡る」という現象を聴覚によって既に確認しているので、それ以上に重ねて「見ゆ」という語を用いるのを避けたのだ、とも考えられる。あるいはこれは、「見る」という視覚によってよりも、主として「鳴き渡る」という聴覚を根拠にして認知した、「見ゆ」よりも新しい歌をめざした赤人の工夫だったのかもしれない。

万葉集の時代の人々は「鶴渡る見ゆ」と、近代人のわれわれからすれば不要と思われるような「見ゆ」の語を、わざわざ言葉に出していわずにはいられなかったのである。そこには、「いま鶴が飛び渡っている」という眼前の情景が、「私に見られていることで確認された」と、どうしても「見ゆ」の語をいわずにはすませられない古代人の心、「存在を視覚により把捉した古代的思考」のあり方が認められるのである。(5)

人間の五感と呼ばれる諸感覚のうちでは、視覚が圧倒的に優位な感覚である。われわれにとって、物事の存在はまず「見ること」により、その物事の実在がもっとも深く確かに認識される。逆にいうならば、「見ること」により確認されない物事は、存在感が希薄であり、実在性が曖昧に思われたのである。したがって、その視覚による認識の重視という、古代人の認知法の遠い外延には、人間の行為などについても、「他者に見られていない行為は存在しないのに同じ」という論理が生まれてくることになるのであろう。

藤原頼長の論理

平安時代の末期に摂関家の二男として生まれて左大臣にまで昇り、藤原氏の長者にもなった藤原頼《より》長《なが》（一一二〇～五六）の日記『台記《たいき》』は、当時の人々のあり方を深く考えさせる興味深い内容にみちているが、例えば次のような記事がある。

巳ノ刻、束帯《そくたい》ヲ着テ政ニ参ル。陽明門ノ南ノ戸ノ懸リニ当リテ、車ヲ下ル。次ニ、車ヲ下リテ陽明門ノ中ノ間《ま》ヨリ入ル。南ノ間ヲ用ヰル可キ也。而シテ中ノ間ヲ用ヰルハ不可思議ノ失礼也。然《しか》リト雖モ、人見ザレバ、失ト為スコト能ハズ。（台記・保延二年十一月十三日）

頼長は当時まだ十七歳であったが、既に右大将権大納言の高官の身であった。頼長は政務のために参内するのに、公卿の通用門である大内裏東面の陽明門の前で車を降り、徒歩で門を入った。この陽明門は南北棟の五間の門で、中央部の三間には扉が設けられていた。その扉のある三間のうちの北側の第一の間は、大臣の従者など身分の低い雑人の出入用、中央の間は天皇の行幸のときなどに用いられるもので、南の第三間は高級貴族たちの出入用の間と、身分により通行者が区別されていた（小右記・寛仁二年十月二十二日、山槐記・応保元年十二月二十五日）。この日頼長は公卿として南の第三間から入るべきであったのに、うっかりして天皇用の中央の間から入ってしまった。頼長にとってそれはまったく「不可思議ノ失礼」というべき不注意なでき事であったが、その場に頼長の失礼を見ていた人は誰もいなかったので、これは「失礼（正式な作法を失した行為）」を犯したことにはならないのだ、というのである。勿論、頼長に従っていた多くの供人たちはそれを見ていたはずであるが、そんな身分の低い従者は人の数には入らないのである。

こうした内裏の門の出入りの故実に限らず、一般に宮廷儀礼を前例通りに誤り無く行うことは、当時の貴族たちにとっては何よりも心すべき重要事であった。この時期の頼長は、異母兄忠通を超えて執政の座につくことをめざして、日ごろから熱心に政務や宮廷儀礼の習得に努めていた。したがって、この日陽明門を入るに際してうっかり中央の間から入ったことは、頼長にとっても実は決して些細な「失礼」とはできないはずの行為であった。自分のその「失礼」を見ていた人はいなかったのだから、「失礼」にはならないのだ、という弁解めいた主張を頼長がわざわざ記しているのは、頼長自身にもかなり気の咎めるところがあったことを思わせる。しかし、頼長の「人に見られていない所での失礼は、失礼にはならない」というこの論理は、必ずしも頼長の強引な理屈というわけではなく、当時の一般の人々にも通用するところがあったからこそ、頼長もこんな弁明を記したのである。ここにも、「人に見られていないでき事は存在しないのに同じ」という思考がよく認められるであろう。

「天」の論理と「人」の論理

頼長は前記の「失礼」のことを書き記した九年後にも、次のようなでき事を記している。頼長はこの年二十六歳で内大臣になっていた。

今夜、不祥雲有リ。召使国貞ヲ殺ス処ノ庁《ちやう》ノ下部《しもべ》、去ル七日ノ非常ノ赦《しや》ニ免ゼラル。今夜、件ノ下部殺サルト云々。国貞ハ忠ヲ以テ君ニ事《つか》へ、今、其ノ仇《かたき》殺サル。天ノ然ラシムル歟《か》。太政官ノ大慶也。未ダ何人ノ為ス所カ知ラズ。或ハ曰フ、国貞ノ子ノ召使ノ為ス所ト云々〈其ノ実ハ、余、左近ノ府生秦公春ニ命ジテ、之ヲ殺サシム。天ニ代リテ之ヲ誅《ちゆう》ス。猶ホ武王ノ紂《ちう》ヲ誅スルガゴトキ也。人、敢テ之ヲ知ル無シ〉。（台記・久安元年十二月十七日）

まず最初の「不祥雲」の語は「歩障雲」とも書かれることがあるが、異様な形の細長い白雲のことである。これが現れたときには、不吉なでき事の起こる予兆だとされていたものであった（権記・長保二年十二月十五日）。

そしてこの夜、検非違使庁《けびいしちょう》の下部が殺されるという事件があった。この下部は、十月二十三日に太政官の召使であった国貞（『本朝世紀』には「大宅国忠」）を刺殺したために、捕らえられて獄舎に拘禁されていたのだが、鳥羽法皇の病気平癒のために十二月七日に行われた臨時の赦免により、放免されたのである。国貞は太政官の故実にも通じた有能で忠実な召使だったので、頼長はその国貞を殺害した犯人が殺されたのは「太政官ノ大慶」だ、というのである。世間にはこの下部を殺したのは国貞の子だという噂もあったが、犯人は判明しなかった。実はこれは、頼長が自分の随身《ずいじん》の秦公春《はたのきみはる》に命じて秘かに殺害させたものであったが、そのことは誰も知らなかったという。頼長自身はこの暗殺を、中国古代の殷《いん》の暴君紂王を討った西周の武王になぞらえて、自分が「天」に代わって誅したのだ、などと大げさな理屈で正当化している。しかし、いくら重罰に処せられるべき殺人犯であったとはいえ、朝廷が赦免すると決定した罪人を、大臣の地位にある頼長が自分の随身に命じて暗殺させるというのは、やはり法治社会の当時においては認められない非道であった。

　頼長自身は、当然この下部は厳罰を受けるべきだと考えていたのに、朝廷が下部を赦免してしまったことに不満だったのである。頼長の個人的な判断や意思が公の決定と対立したこの事態において、内大臣として頼長は、表面的には下部赦免の処置に朝廷で異を唱えることはしなかったらしいが、やはり自己の意思・信念から不当と考えて、暗殺という不法で乱暴な手段をとったのである。この場合は、頼長自身の信念にもとづいた行為であったから、その点では頼長には特に心やましさをおぼえることはなかったのであろう。大臣の立場にある人が、下部を暗殺するのは社会的には不法行為であると知りながらも、それが世間の人々に露顕しなければかまわないのだ、社会や公のルールを大きく侵犯するような行為をなしても、それが社会に知られなければよいのだ、とするここの頼長の論理は、この当時の人々にも広く一般的であった、とまではやはりいえないものかも知れない。近代人のわれわれも、自分のことに関してせっぱ詰まったときには、たぶんさまざまな不法行為おかすこともあるにちがいないが、直接に自身の生活には関係しない今のような場合には、しかも暗殺というような殺人をなすまでの極端な行為は考えられないであろう。頼長のこの場合は特別な例外であるにしても、やはり当時の人々には、人に見知られないのであれば違法行為をも避けない、とする一般的な傾向のあったことが認められるのである。

それにしても頼長は、なぜにこんなことまでをわざわざ書き記したのかはよくわからないが、ここの書きぶりは、「天」のなすはずのことを自分はやったのだ、と誇っているようにも見える。頼長の日記にはこの他にも、自己のなしたさまざまな男色行為を具体的に記したものも多くあって(6)、当時の一般の人々であれば、秘密にして書かないようなことを他にも多く率直に記している。その点でもかなり独自な論理をもっていた人であった。

頼長は、若年のころから熱心に宮廷故実の習得に努めていたが、それは必ずしも旧来の先例を墨守するためではなかった。久安四年(一一四八)三月、頼長が高野詣でに出かけることになったとき、蔵人頭から先例を遵守した自分の参詣次第の案を見せられたのに対して、「愚案ノ及ブ所、改メ直シテ之ヲ還《かへ》ス、先例ヲ勘《かんが》ヘ知リテニハ非ズ、道理ヲ案ジテ之ヲ改ム（台記・久安四年三月八日）」と、先例にとらわれず「道理」の立場からその道中次第を改めるように指示している。そうした頼長の現実的合理的な思考は、幼少よりの厳しい漢籍の研鑽で身につけた、儒教的合理主義によるものと考えられている。(7) 頼長の合理主義的な思考傾向は、次の記事などにも認められる。

日食。日月星宿ヲ信ゼズ、身命ヲ惜シマズ。故ニ格子ヲ上グルコト常ノ如シ。

（台記・久寿元年五月一日）

この日は暦道・宿曜道《すくようどう》で悪日とされた日蝕のある予定の日で、日蝕に際しては朝廷の政務は停止され、人々は格子を下ろして室内で身を慎むことになっていた。しかし、頼長はいつものように自邸内の格子を上げさせて、日蝕の物忌みをしなかった。自分は宿曜などの星占を信じないので、物忌みを守らないことで、身体が損なわれ短命になってもかまわない、というのである。もっとも頼長も、自分の養女の多子を近衛天皇の後宮に入れようとした時には、多くの寺社に参詣祈願し僧侶にさまざまな修法を行わせたりしているから、神仏・星宿をまったく信じなかったというわけでもなかった。しかし、一般的に頼長という人は、神仏・宿曜など人間の日常感覚からは確かに認知できない領域に属するもの、人知を超えた世界に関わる事柄には、あまり深くかかわらない生活態度をとっていたのである。そうした頼長の幼時からの儒教的教養でつちかわれた一種の現実主義的合理的な思考傾向が、「他人に見られていないでき事は、存在しないのと同じ」という思考を生み出すことにもなったのかと考えられる。ただし、中国には古くから「四知」と呼ばれて、どんなに秘密のでき事であっても「天・地・自分・相手」の四者は知っているので隠し通すことはできない、とする思想もあった。(8) これも有力な儒教思想であるが、頼長の論理はそれらの中国思想ともかなり異なっている。

第二章　人間を超越する存在についての観念

一　「天」「天道」という摂理

「天」と「神」「仏」

藤原頼長は、太政官の忠実な召使であった大宅国貞を殺害した犯人を、自分の随身に命じて暗殺させたことにつき、法治主義を理念とする朝廷の決定を無視して、人間社会の秩序を超越した、より高次の「天」という概念を持ちだすことによって、自己の行為を強引に正当化しようとしていた。そこで頼長の援用した「天」の概念は、殷の紂王を滅ぼした西周武王の例を挙げていることからも知られるように、中国思想にもとづくものであり、これも古くから儒教の基本概念であった。頼長の日記にはまた次のような記事も見える。

舞人左兵衛尉狛則康《こまののりやす》、去ル十四日出家ス。事ハ発狂ニ因ルト云々。先年、行則・々助・光親等ヲ越エテ当職ヲ拝ス。世、以テ非ト為ス。之ニ因リテ此ノ殃《わざはひ》有ル歟《か》。天道、盈《み》ツルヲ悪《にく》ム。信《まこと》ナル哉、此ノ言。

（台記・久安六年六月二十四日）

南都興福寺の舞人であった狛則康は、先輩の舞人たちを越えて左兵衛尉に任ぜられたが、世間ではその昇進を不当とした。たまたま則康が舞人仲間の光親の家に行ったとき、そこでの酒席で喧嘩になり、則康は履物もはかず衣裳や烏帽子も着けずに逃げ出して、下人に捕らえられるという辱めをうけたがために、ついに突然狂気につかれたように二十九歳で剃髪出家してしまった。この事件は、則康の異例の昇進を天道が悪んだことによるものだ、というのである。これは「天道ハ盈《み》テルヲ虧《か》キテ謙ニ益《ま》シ、地道ハ盈テルヲ変ジテ謙ニ流《し》ク（易経上経・謙）」などの漢籍によった文言であろう。「謙」は謙遜のことであり、天の働きは盈ちているものは必ず虧き、謙（不足）なるものには増益するものなのだ、というのである。ここでも頼長の持ちだしている「天」や「天道」は、中国思想による概念であったことは明らかである。[9]

「天」はまた「天道」ともいわれて、その概念はわが国にも早くから移入されていたが、十世紀ごろになると漢学者たちだけでなく一般の人々にも、日常語として用いられるほどに定着してきていた概念であった。この時期になると人々は、人間世界を超越した絶対的な摂理を「天」として観念し、自己や自己のすむこの世界を対象化相対化し、客観視する視点を持つようになってきていたのである。わが国の古代の人々においても、「天」「天道」は人間界を超越する摂理として、もっとも代表的なものであった。この中国伝来の「天」「天道」の他にも、古くから人間を超えるより高次の存在として、わが国固有の「かみ（神）」という観念があったし、後には仏教の伝来によって「ほとけ（仏）」という観念も定着してきていたけれども、中国移入の「天」「天道」は、それら「神」「仏」とは大きく異なる性格のものであった。

まずわが国古代の人々の考えていた「かみ」の観念については、本居宣長の次のような定義がよく知られている。

凡て迦微《カミ》とは、……人はさらにも云ず、鳥獣木草《トリケモノ》のたぐひ海山など、其余何《ソノホカナニ》にまれ、尋常《ヨノツネ》ならずすぐれたる徳《コト》のありて、可畏《カシコ》き物を迦微《カミ》とは云なり、【すぐれたるとは、尊《タフト》きこと善《ヨ》きこと、功《イサヲ》しきことなどの、優《スグ》れたるのみを云に非ず、悪《アシ》きもの奇《アヤ》しきものなども、よにすぐれて可畏《カシコ》きをば、神と云なり、……】（古事記伝・一之巻）

つまり、古代人たちが考えていた「かみ（神）」は、海山などの自然物や鳥獣木草などの生物のうちで、特別に「すぐれている」存在をいう概念であったとするのである。わが国の神は絶対的な存在ではなくて、神以外のものと連続し近接している関係にある存在であった。それに対して中国思想の「天」「天道」は、人間界などとは隔絶し絶対した超越的な全宇宙の摂理の神格化されたものであったから、その点でも大きく異質なのである。

仏教の「ほとけ（仏）」もまた、人間からは超越した存在としての性格を強くもっているが、その一面には例えば、釈迦という「ほとけ」は、もと人間であったのが非常な厳しい修行により仏にまで至った存在とされているし、わが国の神々もまた一般に「神も昔は人ぞかし（梁塵秘抄口伝集・一〇）」

などと考えられていた。「神」や「仏」は、人間との連続性近似性を多分にもつ存在だったのである。仏教が移入された当初には、「ほとけ」は「蕃神（日本書紀・欽明十三年）」などと表記され、この漢字は「トナリノカミ（北野本）」「トナリノクニノカミ（吉田兼右本）」などと訓読されていて、「仏」もまたわが国の「神」と同類のものとして受け容れられていたのである。

また現代の有力な見解である大野晋の説明では、古事記に記された最初のカミは、「隠身《かくりみ》にまします」とあって人間にはその姿が見えず、天地のさまざまな物・事を領有支配する存在であったが、その後に男女の神があらわれるなど人間化してくる、という。次いで仏教が移入されると、「仏」と「神」の区別が曖昧なままに受け容れられるが、「仏」が人を「ゆるす（許）」「助ける」「みちびく」性格を持つのに対して、「神」はそれらの性格とともに、ある一定の領域（土地・器物・現象など）の支配者、人に対立する怖ろしい存在、という固有の性格を残していた。だが、源氏物語のころには「神」「仏」はほとんど同じものと考えられている、としている。(10)

漢語「天」と和語「あめ」

人間のなすあらゆる行為は、他の人間には知られていなくとも「天」にはそのすべてが知られている、とする「天」の観念は既に早く日本書紀にも見えている。

斉明天皇四年（六五八）、天皇が紀州の牟妻《むろ》温泉に行幸していた隙に、留守居役の蘇我赤兄《そがのあかえ》は有間《ありまの》皇子《みこ》を語らって、天皇の失政を指摘して謀叛をすすめ、有間皇子もそれに応じた。二人が赤兄の家でその相談をしているときに不吉な前兆があったので、計画を中止することに決めて、有間は自分の屋敷に帰った。ところがその夜、赤兄は兵を遣って有間の屋敷を囲ませるとともに、紀州にいた天皇に密告したので、有間は捕らえられて牟婁温泉に送られた。有間は皇太子中大兄《なかのおおえ》の尋問に対して次のように答えたという。

　是ニ皇太子、親《みづか》ラ有間皇子ニ問ヒテ曰《のたま》ハク、「何ノ故カ謀反《みかどかたぶ》ケムトスル」トノタマフ。答ヘテ曰《まを》サク、「天ト赤兄ト知ラム。吾全《あれもは》ラ解《し》ラズ（天与赤兄知、吾全不解）」ト申ス。

（日本書紀・斉明天皇四年十一月九日）

　ここで有間皇子の言ったという言葉は、前述した漢語の「四知（他人ニ秘メタ事モ天・地・相手・自分ハ知ッテイル）」にもとづいているらしいが、古くからここの日本書紀の「天」の字は、「アメ」と訓読されてきた。ただし、ここの「天」は、赤兄とともに謀叛事件の真相をすべて知っているものとして、神格化された概念であり、そうした神格化されていた「天」を、当時の人々が「アメ」の和語で訓んでいたとすることには疑問が残るのである。本居宣長はまた、和語の「あめ（天）」の語について次のように述べている。

　天はたゞ虚空《ソラ》の上方《ウヘ》に在《アリ》て、天神《ツ》のましますの御国なるのみにして、心も魂《ミタマ》もある物にあらず、……【続紀の宣命に、天地の心と見え、万葉の歌に天地のなしのまに〳〵などよめるも、奈良の

ころにいたりては、既に漢意のうつりて、古《ヘノ》意にたがへることもまじれるなり、……】

（古事記伝・一之巻）

虚空《ソラ》は、天《アメ》と地《クニ》との中間《アヒダ》なる故に、……【常には通はして、天《アメ》をも蘇良《ソラ》といひ、虚空《ソラ》をも阿米《アメ》と云ことも多きは、地よりいへば、虚空《ソラ》も天《アメ》の方なればなり、……】書紀神功《ノ》巻に、於天事代《アメニコトシロ》、於虚事代《ソラニコトシロ》云々、これ天《アメ》と虚空《ソラ》とを別言《ワケイヘ》る例なり、

（古事記伝・十七之巻）

つまり、和語の「あめ（天）」は、われわれ人間の存在する地上界に対して、天上の世界（空間）とでもいうべきものをさす語であり、「そら（空）」はその天と地の中間にある空間をいう語であった。したがって、和語の「あめ（天）」は単なる上方の空間をさすのみの語であるから、本来「あめ」は心や意思などをもつとして、擬人化できるような性格のものではなかった。ところが、「天意」「天心」「天命」などと、「天」を擬人化して超越者的神格的な存在と考える中国思想が浸透してくるとともに、わが国でも奈良時代にもなると、それが和語「あめ」の概念にも影響を及ぼしてきて、「あめつち（天地）の心」などと、天を「心」をもつ人格的な存在と考えるようになってきたのだ、というのである。だが、単に上方の空間をさす語であった和語の「あめ」と、全宇宙を統括する摂理とでもいうべき中国思想の「天」という、概念の大きく異なる二つのものを、当時の人々は同じく「あめ」の語で言ったりしたであろうか。それまでのわが国にはいまだ明確には存在していなかった、「天」という新しく移入された中国思想の概念には、やはり和語の「あめ」とは区別して、字音語（漢語）の「天（テン）」

をそのまま用いたと考える方が、より可能性が高いのではなかろうか。

勿論、ここの有間皇子の言葉は、実際に有間の言ったのをそのままに記したものとは考えにくく、後世の日本書紀執筆者の文飾によるものであろうから、その執筆時点においては、和語の「あめ」にも、漢語の「天」の概念をもふくむ用法が行われるようになっていた、という可能性は考えられる。

しかしながら、後述するように、平安時代には漢語や仏語をそのまま取り入れた「天（てん）」の語が、広く一般的に用いられていた。既に奈良時代において、和語の「あめ」が漢語の「天」の概念をもとり入れた語として定着していたとすれば、後世の人が改めて漢語の「天」をわざわざ用いる理由は乏しく、「あめ」をそのまま用いればよいのである。それなのに後世には「あめ」は使われずに、漢語「天」が普通しているのは、やはり和語の「あめ」とはべつに、中国思想をになった漢語「天」が古くから用いられていたからではなかろうか。和語の「あめ」とは大きく概念の異なる漢語「天」を「あめ」で代用したとは考えにくいのである。和語にはなかった漢語「天」の概念には、早くから「天（てん）」が字音語として定着していたとすべきである。

宣長の指摘するように、漢語「天」の概念がしだいに人々の心に定着してきた奈良時代に入ると、和語「あめ」にも漢語「天」の概念を内包させた用法も見えるようになってくる。続日本紀の天平勝宝元年（七四九）四月朔の宣命《せんみょう》には、「天地《アメツチ》乃心遠労《イタハシ》弥重《イカシ》弥辱《カタジケナ》美恐《カシコ》美坐《イマス》尓」とあって、この「天地ノ心」の語は、天や地を人格化した漢語的な概念であることは明らかである。この時期の宣命には漢語（字音語）を用いたものもあるが、本来宣命は一般にすべて和語で述べるのが原則であり、ここの「天地」は和語の文脈にもなじんだ語であったから、「あめつち」と訓まれたのであろう。ただし、やはり宣命の言葉は政治儀礼の場における特殊な言葉であり、実際に有間皇子の言ったとされるような普通の会話の場においても、「あめ」の語が用いられていたとは考えにくいのである。日本書紀は古事記と違って漢文体で書かれているが、平安時代以来それをできるだけ和語化して読むことが行われてきていた。しかし、この有間皇子の言ったという「天」や、一般の漢文的な文脈の文章語に用いられている神格的な「天」などをも、その当時の人々はすべて「あめ」と和語に訓んでいて、「テン」と音読する字音語を用いることはなかった、とする根拠は乏しいのである。例えば万葉集において、「大伴《おほとも》君熊凝《のきみくまごり》、……参向京都、為天不幸在路獲疾病（天ニ幸ヒセラエズ、路ニ在リテ病ヲ獲《え》テ）〈巻五・八九〇序〉」などとある「為天不幸」の「天」については、現在の注釈書類でも一般に「あめ」と訓むのか、「テン」と字音語として読むのかは明確に示されてはいない。これらの漢文的な文脈における「天」は、やはりそれまでの和語には無かった新しい概念であったから、「テン」と音読されていた可能性が高いのではなかろうか。

二　漢語「天」の概念の定着

奈良時代ごろまでに用いられた、漢語の「天」「天道」を強いて和語化した「あめ」「あめのみち」などの語は、主として宣命や詔《しょう》などに用いられた、かなり特殊な政治的祭式的な言語としての語彙であった。ところが平安時代に入ると、漢語の「天（テン）」「天道（テンダウ）」などがそのまま字音語として、しだいに一般の人々の日常生活に近い場においても用いられる語彙になっている。

それまで漢文的文脈に用いられていた中国思想にもとづく「天」の語を、和語の「あめ」とは異なる概念を表す「テン」という字音語として、日常的にも用いられていたことを示す古い確実な例を挙げることはいまできないが、平安時代になると次のように一般的に使われている。平安時代に成った物語などの古写本では、字音語（漢語）の表記には多く漢字がそのまま用いられていることが多い。次の「天」などの漢字表記は、やはり音読されていたかと考えられるのである。

1　鳩、鷹ニ語ラフ、「我等謬《あや》マリテ菩薩ノ身ヲ壊《やぶ》リツ。早ク天ノ力ヲ以テ王ノ疵ヲ愈《いや》スベシ、ト云フ。……帝尺《たいしやく》、又、天ノ薬ヲ灑《そそ》ギテ、身ノ肉《ししむら》俄ニ満《みた》ス。（東寺観智院本三宝絵・一）

2　むすめは天道にまかせたてまつる。天のを（お）きてあらば、国母・婦女《ママ》ともなれ、をきてなくは、山がつたみ子ともなれ。（前田家本宇津保物語・俊蔭）

3　君たちはよをてらし給ふべきひかりしるければ、しばしか丶る山がつの心をみだり給ふばかりの御契こそはありけめ。天にむまる丶人の、あやしきみつのみちにかへるらむ一時に思なずらへて、けふながくわかれたてまつりぬ。（大島本源氏物語・松風）

4　（一条帝ノ第三皇子敦成親王ハ）さべうてむまれたまへらば、四天王まもりたてまつり給ふらん。……（ソレヲ呪詛スル）まうとたちは（アナタ方ハ）、かくては天のせめをかぶりなん。（梅沢本栄花物語・初花）

ただし、これらの文献には成立当時の古い写本は存在せず、いずれも後世の書写本によるものであるから、「天」の漢字表記が原初の姿をそのまま伝えるものともできないが、こうした物語などの仮名文体作品の写本では、漢語が漢字で表記されているものは字音語として読まれていたと思われる。つまり、右の用例中の「天」「天道」は、「テン」「テンドウ（テントウ）」と音読されたと考えられるのである。

1や3のような仏教に関する文脈での「天」は、仏教でいう天人や天衆の住む世界を意味する語で、和語には本来なかった概念であるから、古くから字音語によって行われてきたものである。2の「天道」や「天のを（お）きて」も、中国思想にもとづく概念であり、この場合にも「天」はやはり字音語として用いられていたと考えられる。4は「四天王」の仏語とともに用いられているが、「天のせめ」は次に述べる中国思想の「天責」や「天譴」による語であろう。3の源氏物語では、「天」の用例はこれ一例のみであり、主要な古写本ではほぼ「天」と漢字表記されているが、保坂本には「てん」と仮名表記になっている。

平安時代に入ると、漢文体の文章には「天責」「天譴」の他にも、「天意」「天運」「天命」など中国思想にもとづく多くの漢語が用いられるようになってきて、ようやくこうした神格化した「天」の概念が広く人々の間に定着していたことを思わせる。それらのうち、直接に漢籍を出典として用いられることの多い漢詩文の用例についてはいまは措いて、当時の一般の人々にあっても、ほぼ日常的な文章語の語彙として使われるようになっていたと考えられる「天譴」「天責」の用例には、次のようなものがある。

5　後ニ聞ク、諸卿、東三条ニ候フノ間、喚使《めしつかひ》、内ニ参ルベキノ由ヲ申ス。其ノ後、（諸卿は、やってきたその召使を）嘲弄スルコト極リ無シ。大蔵卿（参議藤原正光）、石ヲ執リテ召使ヲ打ツコト両三度ト云々。狂乱歟《か》、神ノ咎有ル歟、天ノ譴《せめ》有ル歟。至愚ノ者ト謂《い》フベキ也。

（小右記・長和元年〈一〇一二〉四月二十七日）

6　入夜、資平来リテ云ク、……（三条帝が藤原資平に）仰セテ云ク、明日参入スベシ、大将（藤原実資）ニ仰スベキノ事有リ、テヘリ。一日、左府（藤原道長）及ビ大納言道綱、相倶《あひとも》ニ、天道、主上（三条帝）ヲ責メ奉ルノ由ヲ奏ス、ト云々。皆思フ所有ルニ似タリ。主上、具《つぶさ》ニ其志ヲ存ジ給フト云々。是レ右金吾将軍（藤原懐平）蜜《(ママ)》々資平ニ談《かた》ル。僕射（道長）縦《たと》ヒ思フ所有リト雖《いへど》モ、

道綱何ゾ同心スル乎《か》。愚也々々。天譴避ケ難キ歟。　（小右記・長和三年三月十四日）

7　（後朱雀帝が）仰セテ云ク、（三井寺の）戒壇ノ事更ニ抑留スベキニ非ズ、王者ノ心、事ニ於テハ偏頗《へんぱ》無カルベシ、何ゾ況《いはむ》ヤ仏法ニ於テヲヤ、但シ此ノ事未ダ理非ヲ弁《わきま》ヘズ、独リノ心ニ決スベカラザル也、唯《た》ダ然ルベキノ様ニ相定メテ左右スベシ、此ノ旨ヲ以テ関白（藤原頼通）ニ示スベシ、テヘリ。即チ関白殿ニ参リテ此ノ由ヲ申スニ、申サレテ云ク、仰セラルルノ旨、更ニ心ヲ得ズ、事ヲ逃レシメ御《おは》スト雖モ、天責ニ於テハ如何、尤モ恐レ有ル事也、……又参内シテ此ノ由ヲ奏ス。又（帝が）仰セテ曰ク、先日、重ネテ定メ申スベキノ由、内大臣（藤原教通）ニ仰セ已畢《をはん》ヌ、而《しか》シテ吾ノ口入《くにふ》スル所ノ事、事ニ触レテ誤失有ルガ如シ、天台座主ハ闕《けつ》ノ日即チ補任スベキ也、延引ノ間ニ大乱有リ、……又、国家ノ災難、連々トシテ絶エズ、之ヲ以テ之ヲ知ルニ、口入ノ事、尤モ天意ニ背ク也、尤モ恐レ有リ、……又、関白殿ニ参リテ此ノ由ヲ申ス。報《こた》ヘテ云ク、（帝の）仰セラルルノ事等、一切当ラズ、事ヲ以テ己《おのれ》ニ負《お》ホセラルル也。然リト雖モ、天譴ニ於テハ逃レシメ給フベカラザル也、更々《さらさら》、今ニ至リテハ左右ヲ申スベカラザル也、此ノ由ヲ以テ奏スベシ、テヘリ。　（春記・長暦三年〈一〇三九〉閏十二月二日）

まず5の記事は、この日には三条天皇の強い意向で、その東宮時代からの妃であった故大納言藤原済時女の女御娍子《せいし》が、皇后に立てられることになっていた。ところが、三条帝を早く退位させて、自分の外孫の東宮敦成親王を即位させたいと考えていた左大臣藤原道長は、この内裏での立后の儀式を妨害し、さらに帝に対する嫌がらせのために、里邸に下がっていた自分の二女中宮妍子《けんし》を、わざわざこの夜に参内させることにした。右大臣以下の公卿たちの多くは道長を恐れて中宮参内のことにのみ従事して、立后の儀式を行う公卿が誰もいなかった。そのために三条帝の要請で、大納言藤原実資が病をおして参内し、ようやく立后の儀式をとり行ったという、三条帝や女御娍子の一家にとってはすこぶる屈辱的な状況の夜であった。妍子の入内に供奉するために諸卿が妍子の里邸の東三条殿に集まっていたとき、速やかに参内して娍子立后の儀式の方に参列するように、と諸卿を召す天皇の言葉を伝える召使いがやってきた。ところが諸卿はその召使を嘲弄して、中でも大蔵卿藤原正光は幾度も召使に石を投げつけたという。後にその話を聞いた藤原実資は、それを天皇に対する大きな侮辱であるとして、正光のことを「狂乱歟、有神咎歟、有天譴歟」と非難したのである。そうした非道の行為をなす人は、定めて神罰・天罰が下るのではないか、というのである。正光は日ごろから道長に追従してばかりいることで、筆者実資の嫌っていた人であった。

ここでは「神咎」と「天譴」の語が並べられていて、この「天」は明らかに神格化された概念である。ここの「神」にもまた「天」と等しい絶対神、人間界を超越した摂理のごときものが想定されているのであろう。この時期にもなると、従来のわが国固有の「かみ」も、中国思想の「天」の観念との交渉により変質してきていて、「天」と同じような性格のものと考えられていたのである。

6も同じく、三条天皇と左大臣道長の対立に関わる記事である。この二日前の十二日に大内裏で火事があり、内蔵寮《くらづかさ》の倉庫三宇と掃部寮《かもんづかさ》などが焼亡した。内蔵寮の倉は皇室の財物を収めるもので、貴重な薬など「累代宝物」がすべて悉く焼失した。この日、三条帝からの仰せを伝えに実資邸にやって来た資平（実資ノ養子）は、天皇が内蔵寮の火事の事件について実資に相談したいことがあるので、明日参内せよとの仰せだと伝えた。実はこの火事については、左大臣道長と大納言道綱（道長ノ異母兄）が一緒になって、内裏の火事などの凶事が起こるのは天皇の治政がよくないからであり、「天道」が主上（天皇）を責めているのだ、と奏上したというのである。権中納言懐平（実資ノ実兄、資平ノ実父）の話によると、道長・道綱がそんなことをいった意図は、暗にあなたは天皇の資格がないから退位せよ、ということであり、三条帝もその二人の思わくはよく御存じだということであった。それを聞いて実資は、道長が自分の外孫の東宮を早く即位させたいために天皇を責めるのは当然として、道綱はなぜ道長に同心してそんなことをいうのか、何という愚か者だ、いずれ天罰は避けがたかろう、と非難したのである。

この記事からすると、実資は天皇の退位に直接大きく利害の関係する道長が、火事のことで天皇を責めるのをある程度は許容している様子であるが、道綱については厳しく「天譴」が下ると非難している。実資は日ごろ道綱と仲がわるくて、道綱のことを漢字はわずかに自分の名を書くことができるだけで、「一」「二」の字も読めない無学の者と軽蔑していた（小右記・長徳三年七月五日）。同じく共に非道な言動であるにしても、利害の当事者である道長が天皇を非難するのと、直接には関係しない立場の道綱とでは、実資の非難の度合いに違いがあるように思われる。これは5の例の正光の場合についても認められる。後述するように当時の人々には、事件の当事者に関しては、非道の行為があり無理な主張をなしたとしても、当人が自己を守るための無理な主張をなすことについては、それをある程度は黙認するところがあったらしい。5や6の例では、もっとも非難され「天譴」を受けるべきは、天皇を退位させようとして非道の言動をなす道長のはずであるが、実資は道長に対してはあまり強く非難する語句は記していない。この実資の日記には道長について批判した記事も多くあり、間接的に非難していることも時々あるが、少なくとも「天譴難避」などの直接的な強い非難の語句を用いることはしていない。やはりそれは、直接に利害に関わる当事者の場合には、たとい無理な主張をなし非道であろうともさまざま手を尽くすのは仕方がない、と考える論理があったらしいのである。

7は、後朱雀帝と関白藤原頼通が天台座主の補任をめぐって対立していたころ、蔵人頭《くろうどのとう》（天皇の秘書官長）であった藤原資房（資平の男）が両者の意見調整に奔走している記事である。天台座主の補任については、以前から慈覚大師（円仁）の門徒山門派（延暦寺）と、智証大師（円珍）門徒の寺門派（園城寺）が激しく争っていた。後朱雀帝は山門派から選ぶべきだとし、頼通は寺門派の明尊を強引に推していたが、結局山門派の強訴により長暦三年（一〇三九）三月に大僧都教円が天台座主に補された。しかし、対立はそれで治まったわけではなく、寺門派は園城寺（三井寺）にも戒壇を創設することなどを要求して、朝廷はその対応に苦慮していたのである。7の記事は、本文を少し省略しているので文脈が判りにくいかもしれないが、大意は次の如くである。

資房が帝に、園城寺に戒壇を認可すべきだとの頼通の言葉を伝えると、帝からは、寺門の戒壇要求の件は決して抑制すべきではないし、王者の心は何事にも不公平であってはならぬ、まして仏法に関することではなおさらである、ただし、園城寺の戒壇のことはいまだそのよしあしが自分には判断できないし、また自分一人の考えで決めるべきではない、どうかよい方向に皆で相談するようにと関白に伝えよ、というのであった。資房がすぐに関白邸に行って帝の言葉を伝えると、頼通がいうには、帝の仰せは納得できない、帝はそんなことをいって逃げようとされても、「天の責め」をどうなさるつもりなのだ、などといろいろ帝への不満を述べた。その旨をまた内裏にもち帰って帝に報告したところ、帝の仰せになるには、先日も重ねて戒壇のことを決めて報告するように内大臣にいったのだ、私が口を挟んだ件はいつもうまく事が進まない、天台座主の空席になったときにはすぐさま補任すべきなのだ、延引しているうちにいまのような大騒動になったし、また内裏の火事など国家の災難が次々と起こって絶えない、これらからしても、私が口を挟むのは、もっとも「天意」に背くことで畏れ多いことなのだ、ということだった。そこでまた資房が頼通邸へ行って帝の言葉を伝えると、関白のいうには、帝の仰せの事はすべて当たらない、困難な問題を私におしつけようとされているのだ、でも、そうしたからといって帝は「天譴」をお逃れにはなれないだろう、今となっては私は決してどうこう申すことはしない、このことを帝に奏せよということだった、というのである。

この藤原資房の日記『春記《しゅんき》』の記事には、「天責」「天譴」の他にも「王者」「天意」などの漢語が見えて、筆者の文章には中国思想の影響の大きい様子が認められる。これらは後朱雀帝や関白頼通自身の言葉であったことも考えられるが、やはりここは筆者の立場からこういう用語を用いて整理して書いたものであろう。この日記には、「天之咎（永承七年七月四日）」「天運（長久元年四月〈十一日〉）」「天道垂明鑒（長暦三年十月二十六日）」「天道自垂照鑒（長久元年九月十六日）」「天道之所致（永承七年七月十二日）」などと「天」の語が多く見えて、これらの「天」の概念が、資房にとっては日常的に用いるような親しいものであったことを思わせる。もっとも、7の例の「天責」「天意」などは、仏教を広め僧侶を増やすための戒壇のことに関して用いられていて、ここでの「天」の概念は本来の中国思想にもとづくものからはかなり隔たっている。しかしそれはまた、この時期の人々にとって、人間界を支配する絶対者・超越者の「天」の観念が、仏教と中国思想を区別しないかなり曖昧なものでありながらも、「天」が身近に意識されるようになってきていることを示しているのである。

三　**源氏物語の「天」「天眼」「天道」**

天に生まれる人

漢詩文や天皇の詔勅などには早くから用いられていた、「天」「天道」「天責」などの中国思想を直接に担った漢語が、前述のように十世紀末ごろになると一般の貴族の漢文体の日記などにも、かなり多く見えるようになってくる。さらに、十世紀中頃に成った宇津保物語にも、「天」「天のおきて」「天道」などの「てん（天）」の観念に関わる漢語が用いられていて、主として女性の読み物であった物語にも用いられるほどに、この語が一般化して親しいものになってきていたのである。

ところが源氏物語には、そうした漢語の「天（てん）」はわずかに一例見えるだけであり、「天」を構成要素とする語では、当時既に日常語になっていたと考えられる「天下」四例、「天人」三例の他には、「天狗」一例「天変」が一例、後述する「仏天」と「天眼（てんげん）」が各一例見えるのみである。あるいはこれは、筆者が漢語を日常語にも多く使っていたと考えられる男性であるか、堅苦しい漢語を使うことを避けていた女性であるか、とも関係しているのかもしれない。

「天」の用例は、明石入道が光源氏の妻として上京することになったわが娘を見送る場面で、遺言のように娘に言い聞かせた次の言葉に用いられている。

この身（明石入道自身）は長く世を捨てし心侍り。君たち（娘ノ明石君トソノ産ンダ孫娘）は、世を照らし給ふべき光（ヤガテ天皇ノ母トナリ国ヲ照ラス威光）しるければ、しばしかかる山賤《やまがつ》（明石入道自身ヲ卑下シテイウ）の心を乱り給ふばかりの御契りこそはありけめ、天（諸本多ク「天」、保坂本「てん」）に生まるる人の、あやしき三つの途《みち》に帰るらむ一時《ひととき》に思ひなずらへて、今日長く別れ奉りぬ。（松風巻）

明石入道はもと良家に生まれた身であったが、官途に不如意であったため都の貴族社会を見限り、播磨守となって田舎に下った人である。任期を終えた後にもそのまま播磨に住み着いて財力を蓄え、やがて一人娘を都の高級貴族と結婚させ家門を再興する夢をもち続けて、住吉明神に願をかけていたが、その甲斐あって、娘を思いがけず須磨に移ってきた光源氏の妻にすることができただけではなく、娘は源氏のただ一人の娘を産んだ。そして、都の貴族社会に復帰した源氏から、娘を連れて上京せよと召されたので、明石君は父入道と別れて京に上ることになった場面である。入道はかつての夢想により、都に上った明石君と孫娘が「世を照らし給ふべき光」の身になるはずだと、その将来の幸運を確信していたのである。そんなにもすぐれた運勢の娘や孫を、こんな山賤のわが身の子にもつという宿世に、しばらくの間でも恵まれていたのだ、果報に恵まれて天界に生まれた人も、やがてその運勢が尽きると「三つの途（地獄・餓鬼・畜生の三悪道）」に堕ちるというが、そなたの親という運勢に恵まれた自分も、天人がその果報の尽きたとき悪道に堕ちるのと同じように、いまや今日でそなたと永の別れをすることになったのだ、と娘の明石君との別れを悲しんでいる。明石入道は、すぐれた運勢をもつ娘の親としての自分の短い生活を天人に生まれた身にたとえ、しかしその娘との恵まれた生活も、天人にも命の尽きるときがあるように、いま終わる時を迎えたのだと悟ったので、これで別れだといったのである。

源氏物語中で「天」の語は、この明石入道の言葉の中に出てくる一例だけで、この「天」も仏語である。源氏物語には中国思想、特に儒教思想の影響によると考えられる記述も多いが、その重要な概念であるはずの「天」「天道」については、ほとんどその影響が認められない。この物語では、人間を超越した絶対者の存在を考えるときには、「仏」や仏教語の「仏天」を、この世界を支配する摂理をいうときには、仏教思想の説く「宿世」の語を考えていたらしいのである。

入道のいう「天」は、「三つの途」の語とともに使われていることからしても、明らかに仏教にもとづく概念であり、われわれ人間の住むこの地上界の遥か上方にある天上界（天界、天道）、またはそこに住む天人のことをいっている。仏教でいう天上界は、幾種もの異なった天からなる重層構造をなしていて、大きく分けて下から欲界（欲天）・色界（色天）・無色界の三種の天があり、より上層にある天ほど高級な世界であり、より上の天に住む天人ほど寿命が長く身体も大きい。下層の欲界の有情（天人）は食欲・性欲・睡眠欲をもち、いまだ人間に近い。ただし欲界の天人の場合にも、たとえばその性欲は、性器を挿入せずには欲望を解消できないが、精液がないので射精しないという段階のものから、相手の手を握っただけで欲望の解消するものまでさまざまな等級がある。色界は、食欲や性欲を離脱した清浄な世界であるが、なおも物質的な有限性を超越できずにいる世界であり、無色界は欲望や物質性を完全に超越した世界である。善果を得た人はその程度に応じて、これらさまざまな天に「天人」として生まれる、と考えられたのである。

仏教の「天」は、われわれ凡夫よりも多くの善業を積んだ人が天人として生まれる世界、地上界よりもすぐれた高次の一種の理想世界である。しかし、その天界に住む天人もまた有限の存在であり、その善業が尽きると「五衰」が身に現れて死がおとずれ、人間と同じように悪道に堕ちることがあると考えられた。この「天人五衰」が何かについても諸説あるが、1頭上の花の冠が萎れる、2身の垢《あか》で天衣が汚れる、3脇の下から汗が流れる、4両眼がくるくる廻ってめまいがする、5天界に住むことがたのしくなくなる、という五つの心身の衰えをいう（往生要集・上）、などとされている。

天人は地上に降り立たぬ

さて、前記の天人たちは、稀には人間の住む地上界に降りてくることがあるけれども、本来仏教の天人は天上界に属する存在であるから、われわれの住むこの下等な穢土の地上界に降り立ち、人間社会の中に交わることはしなかった。人間も善業により天人に生まれ変わることができるが、人間と天人はやはり異質な存在であった。

竹取物語では、竹取の翁の家で育てられていたかぐや姫を迎えるために、月の都から雲に乗ってこの世界に降りてきた天人たちは、「土より五尺ばかり上がりたるほどに立ちつらねたり」とあって、地上界に降りてきても決して地面に足をつけることはしなかった。この月の都の天人は、竹取の翁たち人間の住む地上界を「きたなき所（穢土）」といっているように、天人たちはこの穢土に足を触れてはならなかったのである。竹取物語に描かれた天人は、仏教でいう天とはかなり違うところがあるが、地上界に足を置かないことの他にも仏教思想の影響が多く認められる。

九世紀中ごろに書かれた都良香《みやこのよしか》の『富士山記』には、貞観十七年（八七五）十一月五日、駿河国の人々が浅間大神の祭をしているときに、晴れ渡った真昼の富士山の頂の方を仰ぐと、「白衣ノ美女二人有リテ、山嶺ノ上、嶺ヲ去ルコト一尺余リニ双《なら》ビ舞フ」姿を、その場の人々皆の見たことが記されている。富士山の麓にいた人々に、どうして遥か遠くの山頂の辺りの、頂からわずか一尺ばかり離れた空中で、美女二人の舞っているのが見えたのかは不思議であるが、富士の霊峰は天女の降りてくる山であり、天女たちはこの地上界に足をつけることはないのだ、と古くから人々には信ぜられていたのである。『富士山記』の「嶺ヲ去ルコト一尺余リニ」の文面には、あるいは教養ある執筆者の仏教思想が反映しているのかも知れないが、他に直接に仏教の影響を受けたと認められるところがないので、古くからの民間信仰にもこうした天女のあり方があったのであろう。後述するように富士山の南麓の海浜には、天女の舞い降りたという有度浜《うどはま》もあったのである。

いま一つの例は、更級日記の作者が天喜三年（一〇五五）十月十三日に見た阿弥陀仏の御来迎の夢である。この夜、作者の見た夢では、庭先の「蓮華の座の土《つち》をあがりたる高さ三四尺」ばかりのところに仏の立っている姿が見えたという。臨終を迎えた信仰者を阿弥陀が迎えに来る様子は、いまも多く残る多くの阿弥陀来迎図や絵巻物に描かれている。それら来迎図の阿弥陀如来やその眷属の天人たちは、紫雲に乗って臨終の人を迎えに来ているが、やはり地上に降り立つことはしていない。阿弥陀如来は「天人」ではなく、それよりも遥かに上位の「如来（ほとけ）」であるが、やはり「天人」と同類の天界の存在であるから、穢土に足をふれることはしないのである。

四　「仏天《ぶつてん》の告げ」と天道思想

老僧都の密奏

源氏物語にはいま一つ、明石入道の用いていた「天」とほぼ同じ意味の語で、やはり仏語の「仏天」という語が一例見えている。

桐壺帝の寵愛した子の光源氏は、父帝の最愛の若い妻の藤壺を恋い求めて、ついに密通して子までなしたが、二人の仲は世間に隠し通すことができ、その子は父帝の子として育てられてやがて東宮となり、次いで即位して天皇になった。この帝は退位後に冷泉院を仙洞御所としたので、「冷泉帝（院）」と呼ばれている。そして、冷泉帝の即位して四年目に、母后の藤壺は厄年とされる三十七歳で崩御した。(11) 冷泉帝が母の喪に服していたころのある夜、「夜居僧《よいのそう》」として日ごろから側近に奉仕していた老僧都が、帝と二人だけになったのを機会に、実は帝は母后藤壺と源氏との子である、という帝の出生の秘密を知らせてしまった。夜居僧というのは、天皇など高貴の人の寝所に祗候して夜間の無事を護持する役目の僧である。この僧都はもと藤壺の母に仕えていたのだが、藤壺が入内するとともにその護持僧となり、藤壺の亡き後には冷泉帝の夜居僧を勤めていたのである。藤壺と源氏は、冷泉帝が胚胎したころから即位するまでの間、秘かにこの子の無事をねがって、この僧都にたびたび祈禱を命じていたという。祈禱に際しては、当然にその主旨などを明らかにしなければならないから、藤壺や源氏は婉曲的ながらもその祈禱の目的を説明したはずで、僧都もほぼ事情を察知していたのである。

さて、藤壺の病が重くなっていたころ、世の中には「物のさとし（凶事の起こる予兆）」がしきりにあり、「天つ空にも例に違へる月・日・星の光見え、雲のたたずまひありとのみ世の人おどろく（薄雲巻）」という天変地異がつぎつぎと起こるということがあった。折しも源氏の亡き北方の葵上の父太政大臣が薨じ、ついで帝の母の藤壺女院も崩御するというできごとが続いた。中国の天道思想によれば、こうした天変地異や災害の起こるのは天子の政治がわるいためで、その責めは王者の負うべきものと考えられていたのである。源氏もそれらの天変について思い当たることがあったので、秘かに一人心を傷めていたという。

夜居の老僧都もまた、この天変地異は天皇の出生の秘密に関係しているのではないかと考えていたので、ためらい迷った末に他に人のいない夜明け方、秘かに帝に奏上した。

（僧都ハ）「いと奏し難く、かへりては罪にもやまかり当たらむ、と思ひ給へ憚《はばか》る方《かた》多かれど、（帝ガ）知ろし召さぬに罪重くて、天眼《てんげん》恐ろしく思ひ給へらるる事を、心にむせび侍りつつ命終はり侍りなば、何の益《やく》か侍らむ。仏も心汚《き》たなしとやおぼし召さむ」とばかり奏しさして、えうち出

でぬ事あり。（薄雲巻）

帝の母后に長年近く仕えてきた僧都にも、やはり帝の出生の秘密を打ち明けることはしにくいのである。「ほんとに申し上げにくくて、また申し上げると却って帝をお悩ませする罪を犯すのではと、申上げるのも憚り多いのですが、しかし帝が知らずにおいでになっては、やはりお知らせせずにいる私自身の罪が重いし、これまでは私一人の心に収めていたものの、このままでは世界のすべてを見透している「天眼」に、自分は咎められるに違いないと怖れてきたこの秘密を、心の奥につかえさせたままで私の命が終わりましては、私の知っているこの事は、帝が真実を知って御自身のあり方を正されるためのお役にも立ちません、仏も帝にお知らせしない私のことを、不誠実だとお思いになることだろう」といったままで、すぐにはいい出せずにいる。

ここの「天眼」の本文については、大島本には「天けん」とあるが、他の定家本系諸本は「天のまなこ」、河内本は「天眼」などと異同がある。これは法師の言葉なので、「テンゲン」と字音語の仏語で言ったのだと考えられるが、「天のまなこ」の本文は、物語の文脈ではやわらかな和語の方がふさわしいと考えて、後人の改めたものであろうか。この「天眼」の語については次節で述べる。

それを聞いた帝は最初、僧都が何を言い出すのかとわけが判らず、老いて先が短いので、何か自分に願い事をするのか、法師というものは、聖とあがめられている高僧であっても、よこしまな欲望をもち人を嫉む心をもつこともあるものだから、と考えたという。ここには高級貴族の当時の僧侶たちに対する厳しい批評が認められる。僧侶を尊敬する心を基本的にはもっているが、やはり高僧の中にも人間的な欲望を断ち切れない者も多いことを見ていたのである。しかし、帝はさりげなく老僧に応じた。そなたとは幼いころから心隔てのない仲だと思っていたのに、言い出せないことがあるとは残念だ、と僧都をうながしたところ、帝の思いもかけない秘密を口にした。

　上（帝ハ）、何事ならむ、この世に恨み残るべく思ふ事やあらむ、法師は聖《ひじり》といへども、あるまじき横さまの嫉《そね》み深く、うたてあるものを、とおぼして、「いはけなかりし時より（ソナタトハ）隔て思ふ事なきを、そこにはかく忍び残されたる事ありけるをなむ、つらく思ひぬる」と宣《のたま》はすれば、「あなかしこ。さらに仏のいさめ護《まも》り給ふ真言《しんごん》の深き道をだに、隠し止《とど》むる事なく弘《ひろ》め仕《つか》うまつり侍り。まして心に隈《くま》あること、何事にか侍らむ。これは、来《き》し方行く先の大事と侍ることを、過ぎおはしましにし院（桐壺院）后《きさい》の宮（藤壺）、ただ今世をまつりごち給ふ大臣《おとど》（源氏の御ため、すべてかへりてよからぬことにや漏り出で侍らむ。かかる老《おい》法師の身には、たとひ愁《うれ》へ（心配事）侍りとも何の悔《くい》か侍らむ。仏天の告げあるによりて奏し侍るなり。わが君孕《はら》まれおはしましたりし時より、故宮（藤壺）おぼし歎く事ありて、御祈り仕うまつらせ給ふ故《ゆゑ》なむ侍りし。詳しくは法師の心にえ悟り侍らず。事の違《たが》ひ目ありて、大臣《おとど》横さまの罪（源氏ノ須磨退居ノ事件）に当たり給ひし時、（藤壺ハ）いよいよ怖《お》ぢおぼし召して、重ねて御祈りども承り侍りしを、大臣も聞こし召してなむ、またさらに事加へ仰せられて、御位につきおはしましまで仕うまつる事ども侍りし。その承りしさま」とて、詳しく奏するを聞こし召すに、あさましうめづらかにて、恐ろしうも悲しうも、さまざまに御心乱れたり。（薄雲巻）

僧都の話は次のようなことであった。これは過去から将来にも関係する大事なのです、お亡くなりあそばした桐壺院や藤壺女院、いまの執政の源氏の大臣などのために、帝が事情を知らずにおいでになると、却ってよからぬ噂が漏れ出すこともありましょう、私のような老法師の身は、これを申し上げたことで災難がふりかかりましても、何の悔もありません、仏からの帝にお知らせ申せとのお告げがありましたので、いま申し上げるのです、わが君（帝）が母宮の胎内にお宿りあそばした時から、亡き母宮には深く御心痛の事があり、私に御祈禱をおさせになる事情がございました、その詳しいわけは世俗のことを知らぬ法師の心にはよく判りませんでしたが、以前に源氏の大臣が無実の罪をお受けになられた時、母宮はいよいよ怖れあそばして、重ねて種々の御祈禱のことを承りましたが、源氏の大臣もまたそのことをお聞きあそばして、さらにその上に加えての修法などを命ぜられて、わが君が御即位あそばすまでに数々の御祈禱・修法を奉仕してきたのでございました、私の命ぜられた祈禱の内容は、これこれです、と詳しく申し上げた。

さて、ここの「仏天」の語は「ほとけ（仏）」をいう。この部分は古写本に多く「仏天」と漢字で表記されていて、これは「ブッテン」と音読したのであろう。麦生本には「ふってん」と字音語になっている。天理図書館の伝藤原為氏筆本には「てんたう」と「天道」の仮名表記になっている。これは「仏天」の語がやや耳慣れないので、判りやすい「天道」の語に改めたのだと考えられる。仏教では、「仏（如来）」は天上界のうちのさらに最上層の世界におわすと考えていたので「仏《ほとけ》という天（人）」の意で、「仏天」とも称したのである。ただし、仏は物質性を超越した存在であったから、いまだ有限の身で五衰をまぬがれ得ない「天人」とは異なるが、おおまかに「天人」の一種と見なされていたのである。「誠ノ心ヲ至シテ仏天ニモ仕ル人（今昔物語集・一七・四七）」などと、仏の呼称に用いられることもあった。僧侶であるこの老僧都は、中国思想にいう「天」と区別するために、特に「仏天」の語を用いたのである。ここでは世界の摂理を体現した超越神としての「仏」のことである。

「業《ごう》」「宿世」の思想

思いもかけないわが出生の秘事を知った冷泉帝は、この事を知っている者は他にも誰かいるのか、と聞くと僧都は続けて次のように言っている。

「さらに、なにがしと王命婦《わうみやうぶ》とよりほかの人、事の気色《けしき》見たる侍らず。さるによりなむいと怖ろしう侍る。天変しきりにさとし、世の中静かならぬはこの気《け》なり。（イマダ帝ガ）いときなく物の心知ろしめすまじかりつるほどこそ侍りつれ、やうやう御齢《よはひ》足りおはしまして、何事もわきまへさせ給ふべき時に至りて、咎《とが》をも示すなり。よろづのこと、親の御世より始まるにこそ侍るなれ。何の罪とも知ろしめさぬが怖ろしきにより、思ひ給へ消ちてしことを、さらに心より出だ

し侍りぬること」と、泣く泣く聞こゆるほどに明けはてぬれば、（僧都ハ）まかでぬ。（薄雲巻）

王命婦というのは、藤壺の乳母子として幼くより側近に仕えてきて、源氏が藤壺に逢うときにも手引きをしてきた、すべての事情を知っている女房である。

さて僧都は、このところ天変により世の中が騒がしいのは、こうした帝の出生の秘密のためです、これまでの帝がまだ幼少で物事の分別のおつきにならなかった間は、天変も起こらなかったが、成長なさって世の道理もわきまえるお齢になられたいま、天は咎めることをし始めたのです。この天変や世の騒ぎなどすべての原因は、帝の親の代から始まったことでしょう、と泣きながら奏上した。

僧都が、現在の天変は帝自身の行為を天が咎めたものではなく、帝の親の代における原因によるものだ、というのは仏教の「業」の思想である。仏教では、当人のなしたある行為が「因」となって、後にその「果」が当人自身にもたらされる「現在業」と、当人がこの世に存在する以前において誰かのなした行為が「因」となり、現在の人に「果」のおよぶ「過去業（宿業）」の二つを区別しているが、帝に対するいまの「天の咎」は、帝の親の代における「過去業」によるものであろうという。「過去業」には、当人の親や祖父など直接の祖先たちのなした「因」のみに限らず、遥か遠い過去の誰のなしたとも知られぬ因によるものまでもがあり、いずれにせよ誰しもその果を避けることはできない。当人がいかに身を慎み善行に努めたとしても「過去業（宿業）」からは逃れられない、というやりきれない不条理な摂理なのである。この仏教の「宿業（宿世）」の思想こそは、当時の人々にとって、いかに自己の心に納得できない不条理な事態が起こったとしても、現実に生じたことはすべて自己の宿業として受け容れる他ないものだ、とする無力感や諦めをもたらしたものであった。この当時の物語類にも、人々がさまざまな不如意な事態に置かれたときに、「さるべきにこそあれ（そうなる運命になっていたのだ）」と受け止めて、強いて諦めて受け容れようとする姿が多く描かれている。

源氏物語においても、たとえば藤壺は自己の意思により光源氏と通じたわけではなかったが、源氏と結ばれることになってしまったわが身の宿命を「いと心憂き身なりけり」と嘆き、その結果妊娠することになった藤壺を見た王命婦は、それは藤壺の「のがれがたかりける御宿世（若紫巻）」なのだと考えている。また、思いがけず柏木に近づかれてその子を妊ることになった女三宮を、物語は「あはれなる御宿世にぞありける（若菜下巻）」と記している。薫の妻の身でありながらも、匂宮に近づかれてしだいに宮に心惹かれることになってしまった浮舟は、「わが心もてありそめしことならねども、心憂き宿世かな（浮舟巻）」と、そんな宿命をもったわが身を深く哀れんでいる。当時の人々は、自己の意思のおよばないところで働いて、わが身の運命を支配している「業」の摂理に対して、人間はまったく無力であり、受け容れざるをえないのだと考えたのである。もちろん当時の人々にあっても、仏教のこうした「業」や「宿世」の摂理を全面的に強固に信じていたとも考えにくいが、いまだ人間の卑小さ無力さを強く実感していた古代の人々にとっては、不本意な事態が次々とやってくるこの世に生きてゆくには、やはりこれは人力の及ばない絶対的な摂理、仏教の説く「業」や「宿世」の論理に支配されているがためであり、誰しもそれを逃れることはできないのだとして諦め、受け容れることに努めたのである。

源氏物語の男女は、当時においても一往は反社会的と考えられていた「密通」をなした場合にも、後述するように、当人たちには自分は「悪」をなしている、という意識はほとんどなかった、と考えられるところがある。これには当時の人々が強く自己中心的な世界に住んでいて、物事を他人の立場から考えたり、広く社会という立場から考える視点をあまりもたなかったことによるところが大きいが、その基底にはやはりこの「宿業（宿世）」の思想が人々に信ぜられていたからである。藤壺や柏木などが自己の密通について何ら「道徳的責任」を感じていないのは、この宿世の思想によるところが大きいように思われる。「密通」などについても、それは自己の主体的な意志によって生じた事態ではなく、宿世・宿業の定めた摂理に従ったものであり、自分にはそれに従う以外の途はなかったのであるから、自己に責任があるとは考えなかったのである。[12] したがって、後述するように、藤壺や源氏や柏木が、自分のなした密通に関して、「自分はわるいことをした」と良心の呵責をおぼえたりすることのないのは、近代人からすれば不審であるにしても、宿業の思想を信じていた当時の人々にとっては、いわば当然のことなのであった。

自己の作した「因」が、やがて後になって自己にその「果」をもたらす、という「現在業」については、近代人にも比較的理解しやすい。しかし、自己の親や祖先たちのみならず、遥かな過去の誰とも知られない人たちにより作された「因」が、ずっと後になってわれわれに「果」をもたらし、そんな「果」をもわれわれは引き受けざるをえないのだ、というこの「過去業」の概念のもつ不条理は、近代人には受け容れ難いものであるけれども、だがこの「過去業」の摂理もまた仏教の根本教理なのであった。われわれ人間の心（魂）の内部の奥深くには、当人の意志や理性などでは統御できない領域が潜んでいて、その冥々の力が自身の意志や理性の制御を排除して、人間をつき動かしてしまうことがあるが、仏教の「宿業」の概念とは、そうした暗黒の力をいったものとも考えられる。これは、キリスト教でいう「原罪」の概念にも通じる人間観ではないかともいわれている(13)。キリスト教の重要概念である「原罪」は、人間の「善」を行うことを欲しながらもなし得ず、欲していないのにかかわらず「悪」をなしてしまうという、人間存在すべての抱え込んでいる不条理な本質だとして、人間の始祖がエデンの楽園を追放されて以来、すべての人間の背負わなければならない哀しい「苦」なのだとするが、そうした人間存在の不条理を、仏教も「業」の概念で説明しようとしたのである。

「孝」と「不孝」

さて、前記の老僧都の言葉には、帝のいまだ幼かったときには天も責めることをしなかったけれども、「やうやう御齢《よはひ》足りおはしまして、何事もわきまへさせ給ふべき時に至りて、咎《とが》をも示すなり」とあった。冷泉帝はこのとき十四歳、十一歳で元服即位してから四年目にあたる。幼帝もようやく思慮分別のつく齢になってきたので、天はそれまで猶予していた帝の負うべき「咎」を見せようとしているのだ、というのである。これは『書経（召誥《しょうこう》）』に見える話、周の成王の太保《たいほ》（天子の補佐役）であった召公が、ようやく成人した成王に対して、王が成長して新しく自己の政を行おうとする時にあたっていま、天は王にその運命を与えようとしているのだから、王はよく「敬徳」をつんで恵まれた天命を得るように努めるべきである、と忠告した話を思わせる。源氏物語には成王の名は見えないけれども、かつて光源氏は自分を周公旦《たん》になぞらえて、旦のいったという言葉、「（我は）文王ノ子、武王ノ弟、（成王の叔父）（賢木巻）」という、『史記（魯周公世家）』の一節をうそぶいたりしたことがあった。ここの冷泉帝は、その周の成王を思わせるところをもつ人物として書かれている。[14]『書経』などでは文王や武王が聖人とされているのに対して、この成王には帝王としてややひ弱なイメージがあるが、その点も冷泉帝に似ているのである。

　伝統的な中国の儒教思想によれば、天変地異の続くのは、時の帝の治政がわるいのを見て「天」が咎めているのであり、天子はその責を負うべきだ、と考えられていた。それに対して一般に仏教思想においては、そうした政治的社会的な視点から物事を考える傾向は乏しいように思われる。ところが、ここの僧都の言葉にある、親の代における「因」によりその子が「咎」を負うことになるとする見解は、明らかに仏教の「業」の思想である。この老僧都の言葉には、中国の天道思想による天変の概念と、仏教の説く因果思想とが混合しているところがあるように見える。当時のわが国の仏教思想には、そうした中国思想も多く入り込んでいた部分があったのであろう。

僧都の話を聞いた冷泉帝は、「故院（桐壺院）の御ためも後ろめたく、大臣《おとど》（源氏）のかくただ人にて世に仕へ給ふも、あはれにかたじけなかりけること」と、心を傷めたという。それまで父と思って仕えてきた故桐壺院に対しても「後ろめたし」と、改めて自分のこれまでの身の処し方には、故院や源氏に対して誤ったところがあったと気になる。また、事情を知らなかったためとはいえ、実の父の源氏が子である自分に対して、これまで臣下の礼をもって仕えてきたのを受け容れていたことについても、源氏の心を思いやるとつらい気持になり、まことに畏れ多いことであった、と心苦しく思ったという。その翌日参内した源氏と顔を合わせたとき、冷泉帝は思わず涙をこぼしながら、自分の寿命はもう尽きるのではないかという気がする、母宮の御在世のうちは努めて考えないようにしてきていたが、こうして天変などにより世の中も騒がしいことだから、退位して心静かに出家生活に入りたいと考えている、と語った。心中では、自分が退位して源氏に位を譲ることで、父が子に仕えるという不孝なあり方を正そうと考えたのである。それを聞いた源氏は、帝が自分と藤壺の秘密を知ったとは思いもかけなかったので、退位はなりませんと、つぎのように反対した。

世の静かならぬことは、必ず政治《まつりごと》の直《なほ》く（正シク行ワレテイルカ）ゆがめるにもより侍らず。さかしき世にしもなむ、よからぬ事どもも侍りける。聖《ひじり》の帝の世に横さまの乱れ出で来ること、唐《もろ》土《こし》にも侍りける。わが国にもさなむ侍る。

源氏は、帝の悩みが出生の秘密を知ったことによるとは思いも寄らなかったので、帝は天変の続くことについて天皇としての責任を感じて悩んでいるのだと考え、天変のことなどは良政悪政に関係なく起こるものなのだ、聖代とされる天子の治世にもよくない事件の起こることは、中国にもわが国にも例がある、と帝を慰め退位の意志をいさめた。しかし帝の方も、さすがに僧都の話を直接に源氏に聞きただすこともできないまま物思いに沈んでいるし、源氏も帝の様子を不審に思いながらその場をたち去ったという。

十四世紀半ばに成った源氏物語の注釈書の『河海抄』には、聖代にも天変地異があり政治の乱れた例として、古代中国の代表的な聖王とされる五天子の一人の堯王や、殷の開祖湯王の代にも洪水や旱魃が起こったこと、また周の成王の代には、成王の叔父の周公旦が讒言にあって楚に身を避けたでき事があり（史記・魯周公世家）、わが国でも後世からは「聖代」と仰ぎ見られた醍醐朝の初めには、右大臣菅原道真が無実の罪で左遷されるというでき事のあったことを指摘している。

この物語の作者紫式部は、漢学者の父藤原為時の教えをうけて幼いころから漢籍に親しんできたことについては、自身でも日記に書いていて、中国の史記や漢書などの史書にも精通していたことは明らかであり、したがって正統的な中国の天道思想についても十分に理解していたと考えられる。ところが、ここの天変の話に関しては、老僧都の立場からの言葉であることにもよるが、親の作った因が子の帝の代に天変としてその果を受ける、という仏教の因果思想によって書いている。中国思想からすれば、冷泉帝の治政がよくないからだということになるのを避けたのであろうが、この物語には一般的に、中国思想よりも仏教の方がより深く人々の心を支配していた様子が多く認められる。

僧都から自己の出生の秘事を聞いた冷泉帝は悩んだすえ、実の父の源氏が臣下の身分で自分に仕えているのは心苦しいと考え、源氏をまず親王にし、次いで自分が譲位して源氏を天皇にしようと考えたが、勿論源氏は受け容れない。ここの冷泉帝の事態への対処の仕方は、天変などによる「天の咎め」は、自分が実父である源氏を臣下として仕えさせているという「不孝」のあり方によるものだ、と考えている。しかしながら、僧都の言葉によれば、天変という咎の因は冷泉帝の親の代に由来するものだといっている。現状では父を臣下にしているという「不孝」をなしているにしても、その場合の「不孝」のあり方は冷泉帝が即位したときから始まったものであり、帝が藤壺に胚胎したことがすぐさまその「不孝」をもたらしたわけではない。冷泉帝が胚胎したことにより、既に実父を臣下とする不孝を運命づけられていたのだということなのかもしれないが、ここの論理にはやや整合しないところがあるように思われる。一般に中国思想における天変地異は、天道が天子の失政などによる治政の誤りを咎めるためのものと考えられていて、帝自身の個人的な出生の秘密や、実父を知らずに「不孝」をなしている、といった帝個人の問題にはあまり関わらないように思われる。冷泉帝には治世の上での失政などがあったことは特に記されていないのである。帝は、自分が天の「咎」を受ける理由は、ただ実父源氏に対する「不孝」、実の父を臣下にしているあり方が咎められているのだと考えて、源氏に譲位することで事態を打開しようとしている。

中国思想の「孝」は、「孝ハ徳ノ本也、教ノ由リテ生マルル所也（孝経・開宗明義章）」などといわれて、儒教思想の基本概念の一つをなすものである。「孝」は、本来は親子あるいは家族内における道徳秩序の原理であるが、伝統的な中国思想では、親子という私的な家庭内での人間関係を正すことから出発して、広く社会や国家の秩序を整えてゆくことをめざす、いわゆる「修身、斉家、治国、平天下（大学）」の思想があった。したがって、ここで冷泉帝が自らのいまの「不孝」の状態をただそうとしているのは、この儒教思想にもとづいてまず自己の親子関係を正すところから、君主として天変に対処し始めようとしたのだとも考えられるが、ここに描かれている「孝」はもっぱら帝個人の私的な親子関係の問題だけに矮小化されているように思われ、中国思想のもつ政治性社会性の強い「孝」の概念からはかなり遠いように見える。

冷泉帝は、自分と源氏のような親子の関係の例はあるか、と漢籍やわが国の書を探したが、あまり参考になる例はなく、結局実父の源氏に譲位することで親子の関係を正そうとした。しかし源氏は勿論そんな話は受けつけなかったので、帝は臣下として内裏に出入りしている源氏の姿を見て、心苦しく思っていたという。源氏も苦悩している帝を気の毒に思い、誰かが帝の出生の秘密を耳に入れたのかと、もっとも事情をよく知っている藤壺の乳母子の王命婦に聞いたけれども、命婦も心当たりがないと言い、さらに藤壺女院も、かねてから帝が出生の事情を知っては大変だと怖れておいでであったが、しかし一方では、帝に実の父を知らせずにいては、帝が実父を知らないという不孝の「罪得ること」になるのではと、苦慮していたと語っている。この藤壺の怖れていたというわが子が「罪得ること」についても、それが仏教的な罪なのか、儒教的な罪なのかはあまり明確ではない。

仏教でも「不孝」は強く誡められていると考えられていて、源氏物語の中でも光源氏は「不孝なるは仏の道にもいみじくこそいひたれ（蛍巻）」ともいっている。この蛍巻の「不孝」については、鎌倉時代の注釈書の『紫明抄《しめいしょう》』は「不孝・五逆ハ、三宝ニ破キ辱《そむ》シメ、君臣ノ法ヲ壊《やぶ》リ、信戒ヲ毀《こぼ》ツ（薬師瑠璃光如来本願功徳経）」を引いている。「五逆」は仏語で、地獄に堕ちる五つの大罪である。諸説があるが、父母・僧を殺し、寺・経・仏像を破壊し、仏法をそしり、僧の修業を妨げ、教団の和を乱すことなどをいう。仏教は本来世俗的なことには関心が薄いので、「君臣ノ法ヲ壊リ」といった世俗秩序の違反をあげるのはかなり儒教的であり、中国思想の影響があるのかもしれない。この部分の冷泉帝の不孝の罪は、やはり中国思想によったものとすべきであろう。

五　「天眼」と「そらにつきたる目」

さて前述したごとくに、夜居の僧都は冷泉帝の出生の秘密を告げるに際して、ためらった末に、さらに長々と言い訳をしてしてからようやく打ち明けている。僧都の言葉にあった「天眼恐ろしく思ひ給へらるる」の「天眼」は仏語で、三眼（肉眼・天眼・慧眼）、また五眼（肉眼・天眼・慧眼・法眼・仏眼）の一つといわれているものである。そのうちの天眼については、

仏ノ御弟子ニ阿那律《あなりつ》ト申ス比丘《びく》有リ。仏ノ御父方ノ従父《いとこ》也。此ノ人ハ天眼第一ノ御弟子也。三千大千世界ヲ見ル事、掌《たなごころ》ヲ見ルガ如シ。（今昔物語集・二・一九）

などといわれて、あらゆる世界のすべての物を見透すことのできる目だという。

この五眼が何かについても古くから諸説がある。まず「肉眼」は、見る対象が物に隔てられていないときに、視野に入っている可視的物質的な存在は見ることができるが、その対象が物に隔てられている場合には見ることができない、という普通の人間の目である。それに対して「天眼」は、視野が遮られていても、その向こう側の物をも見ることができる視力をもつ目で、諸天（天人たち）のもつ目とされているものである。したがって天眼は、人間の身体の内部に隠れている心などをも見ることができるはずのものである。「慧眼」は、物質的な存在のみにかぎらず、不可視的な因果関係などをも見ることのできる目である。「法眼」はこの世界を支配している諸法を見ることのできる目であり、「仏眼」はあらゆる世界のあらゆる物事すべてを見通し、すべてを理解する目だとされている。このように仏教では、人間のもつもっとも基本的感覚である視覚や視力を重視していたので、この世界のすべての物事の真実の姿を見ることのできる「眼力」を身につけることを、仏道に入った人々のなすべき修行の第一としたのである。

いま仏・菩薩像などの中でも数多く残されている十一面観音像や、興福寺の三面の阿修羅像などのように、四方を見る面をもつ尊像もまた、そうした視力の重要性を象徴する意味をもつと考えられる。さらにまた東南アジアの仏教寺院などには、大きな鋭い目をもつ仏面の造形物が多くあるし、イスラム教徒が征服した仏教寺院やキリスト教会では、その肖像の顔面や眼の部分を破壊しているのも、異教徒の神の眼の力を恐れたからだとされ、視力を特別視した古代人の心をよくうかがわせる。

ところで、ここの僧都は、自分が帝の出生の秘密を隠していても、あらゆる物事を見透す仏天の目には自分の心中が見られているはずであるから、いつまでも隠し通すことはできず、いつか仏天の咎めを受けることになるのを怖れる、といっている。つまり、僧都はこれまで自分の秘密にしていたことを、他人には知られずにきたけれども、仏天には見知られているはずなので、いつかはその咎を受けるに違いないというのであるから、理屈を言えば、もし仏天にも僧都の心が見透されていなければ、このまま隠し通すことができる、と考えていることになる。この僧都もまた、自分の心や行為が他者に「見られる」ことによって、初めて客観的に確かに存在することになる、という論理に立っているのである。やはりここにも源氏や藤壺などの場合と同じく、「他人に見知られていない物事は存在しないのと同じである」、という思考・論理が認められるであろう。

源氏物語には、この「天眼」に心中を見透されると怖れる老僧都と同じように、「空」に目がついているような気がして、絶えず自分のすべてが見られているような気がする、という感覚におびえる柏木という若い男のことが記されている。

柏木は源氏の亡くなった北方葵上の甥であったが、光源氏の若い妻の女三宮を長年執拗に求め続けていて、ついには宮の寝所に忍び込んで一夜を過ごすことになる。この柏木と女三宮の関係については改めて後述するが、柏木はその密通直後から、源氏の妻に通じたことを大変な「過ち」をしたとひどく気にしていた。

さてもいみじき過ちしつる身かな、世にあらむことこそまばゆくなりぬれ、と恐ろしく、そら恥づかしき心地して、歩きなどもし給はず。（若菜下巻）

ここの「過ち」の語について注釈書類では、源氏の妻に密通するという反道徳的な行為をなしたことをいう、とするのが通説である。しかし、当時の「過ち」の語は自己にとっての「過ち」をいうものであり、他人や社会に対する「過ち」をいうものではない。近代人の考えやすい、人妻に通じるという道徳的な「悪」をなしたことを「誤ち」といったのではない。これも後述するように、そもそも人妻に通じることは、当時の社会ではさほど大きな倫理違反ではなかったのである。当時の人々は何よりもまず自己中心に物事を考えるのが普通であり、他人や社会の立場から客観的に善悪を考えるような思考は乏しかった。ここの柏木の「過ち」は、貴族社会の長老の源氏の妻に通じたことで、自分の将来を大きく損なうことになった、社会的な自己の立場を危うくする行為をなした、というわが身の保身処世についての「過ち」なのである。

柏木はまた、密通のことがいまだ誰にも知られていなかったにもかかわらず、世間に出ることも「まばゆく」思われ、「そら恥づかしき心地」がして、ひたすら家に閉じこもったまま外に出ることもしなかったという。この「そら恥づかし」の語も次節で述べるように、「自分のすべてを見ている空に対して、こんな愚行をなしたわが身を恥じる」という意味なのである。(15) さらに続けて柏木は次のように思ったという。

かかることは、あり経れば、おのづから気色にても漏り出づるやうもや、と思ひしだにいとつつましく、空に目つきたるやうにおぼえしを、　（若菜下巻）

柏木は、自分の宮との密通のことは、時間が経過してゆくうちに、自分の言動などから自然とその気配が他人にも知られてしまうのではないか、と考えただけでも身のすくむ思いがして、あたかも空に目がついていて、自分のすべてが見られているような感覚をおぼえて、おびえていたという。

柏木の「空に目つきたるやう」な気がして、自己のあり方が隈無く見られていると怖れる感覚は、仏天の「天眼」を怖れている僧都とも通ずるところがあるけれども、やはり両者には少しく隔たりがある。仏教の知識をもつ僧都は、「天眼」という外在化された超越者の視点から自己を見ているのに対して、俗人の柏木は、「空に目つきたるやうに」と、より感覚的に自己の「後ろめたさ」を意識している。この柏木の「後ろめたさ」の意識は、僧都のそれに比べると、感覚的であることからやや不徹底ともいえるところがあるかもしれない。しかし柏木の「後ろめたさ」は、僧都の「天眼」といった概念化された知識的な認識によるものとは違って、感覚的に実感している、というより柏木の内発的なあり方として描かれている。私は、この柏木の「空に目つきたるやうにおぼえ」て、絶えずその目に自分の姿が見られているような気がして落ち着かなかった、という意識に、かすかながらも「良心の発生」の原初のあり方を見るのである。(16)

六　「そら怖ろし」「そら恥づかし」という感覚

柏木は、「空に目つきたるやう」な気がして、自分のあり方が「空」についた目に隈無く見られているかのようにおびえて、そのために屋外に出てわが身を白日のもとにさらすことを怖れていたというが、柏木に限らず当時の人々には、時としてそれに似た感覚をおぼえることがあったらしい。次の「そらおそろし」の語の用例は、自己のあり方が他者から隈無く見られているような、柏木と同様の不安感をいったものと考えられる。

1　(空蟬ハ)常はいとすくずくしく心づきなし、と思ひあなづる伊与の方の(赴任シテ伊与国ニイル夫ノコトガ)思ひやられて、夢にや見ゆらむと、そらおそろしくつつまし。(源氏物語・帚木)

2　かの昔おぼえたる(弘徽殿ノ)細殿の局《つぼね》に、中納言の君(朧月夜ノ侍女ガ源氏ヲ)まぎらはして入れ奉る。人目もしげきころなれば、常よりも端近《はしぢか》なる、そらおそろしうおぼゆ。(源氏物語・賢木)

3　女（浮舟）、いかで（薫ニ）見え奉らむとすらん、とそらさへ恥づかしくおそろしきに、あながちなりし人（ヒタムキナ匂宮）の御有様うち思ひ出でらるるに、またこの人（薫）に見え奉らむを思ひやるなん、いみじう心憂き。（源氏物語・浮舟）

4　（保護者ノ小野尼君カラ初瀬詣ヲ誘ワレタ浮舟ハ）昔、母君乳母などの、かやうに言ひ知らせつつ、たびたび詣でさせしを、かひなきにこそあめれ、命さへ心にかなはず、たぐひなきいみじき目を見るは、といと心憂きうちにも、知らぬ人に具して、さる道の歩きをしたらんよ、とそらおそろしくおぼゆ。（源氏物語・手習）

5　内の大臣《おとど》の面影は、ただいまもこのわたりに立ち添ひて見ん心地のみして、そらおそろしく、むつかしく思ひやる心は、夢にもや見ゆらんと思ふさへぞわびしきや。（夜の寝覚・三）

6　胸つとつぶれて、（コノ中納言ヲ）めでたしといひながら、后の位にて、あらぬ世の人に夢のうちにも見ゆべき、契りのがれ所なかりけるよ、とおぼし続くるに、いとそらおそろしう、わが契り口惜しうおぼし乱れて、（浜松中納言・二）

辞書類では、これらの「そらおそろし」の「そら」は、実体のないものをあらわす接頭語で、「そら言（虚言）」、「そら寝（眠ったふりをして横たわる）」などの「そら」と同じものであり、「怖れる明確な実体はないのに、何となくおそろしい」といった説明をしている。1・2などのように、一見するとこの説明の当たりそうな例もあるが、やはりこれらの例もそう解するだけでは不十分であろう。

3の「そらさへ恥づかくしおそろし」のように、「さへ」の語をともなった例があることからしても、これらの「そら」は単なる接頭語とは考えられず、「そら」には実体的なものが意識されていると認められるのである。

1は、たまたま源氏と一夜を共にした空蟬が、あまりにも自分とはかけ離れたこの男の高貴さを実感して、傍らに臥している源氏よりも、日ごろは実直なだけが取り柄の男と軽蔑していた遠く伊与にいる老夫に、夫婦になって以来初めて親近感をおぼえたという場面である。このとき空蟬は、その夫を自己と同類の存在として一種の情愛を感じたがために、源氏と臥している自分の姿が夫の夢の中に見えたのではないかと怖れ、そんないまの自分を取り囲んで見ている「そら」を怖れて、わが身を「そら」から包み隠したいと思ったのである。古代では相手のことを思うと、魂が遊離してその相手の夢に現れると考えられていた(17)。自分は公卿の娘なのだと自負して、老夫を卑しい身分の男と常に見下していたそれまでの空蟬であれば、源氏と共寝をしたことが夫に知られたとしてもさほど怖れることはなかったであろう。ところが、一夜源氏と共寝してみて、この男が自分とはまったく異なる高貴な世界の男であり、いまの自分はあの老夫にこそふさわしい身なのだと実感することになったために、源氏と臥している自分のことが夫の夢に見られるのをおそれたのである。ここの「そら」は、単なる接頭語として「何となくおそろしい」の意に解し得そうにも見えるが、やはり源氏に抱かれたいまの自分の姿を見つめている「そら（まわりの空間）」がおそろしい、と「そら」を実体的感覚的に意識していると考えられる。

柏木は、女三宮との密通直後、「恐ろしくそら恥づかしき心地して」外出もしなかったが、その「そら恥づかし」については、早く『花鳥余情《かちようよせい》』（文明四年〈一四七二〉成立）には「空おそろしき心なり」、また『孟津抄《もうしんしよう》』（天正三年〈一五七五〉成立）には「空おそろしき也、天眼照覧たるべし」と説明している。つまり、中世の人々はこれらの「そら恥づかし」や「そらおそろし」の「そら」の語を、わが身を「そら（天）」に恥じたりおそれる心をいったものと、実体的に考えていたのである。空蟬や柏木の場合だけではなく、当時の人々は日ごろ、自己の住んでいるこの世界のうちにある不可視的な存在を強く感じていたところがあり、それを「そら」の語でいったのであろう。中国思想の「天（テン）」と呼ぶほどには明確な絶対者としての意識はないにしても、人々は自己を包みこみ見つめている「そら（空）」を漠然とながらも感知していて、そこに一種の超越者的な実体を感じていたのである。

2は、いまでは朱雀帝に寵愛される妻の身でありながら、初めての男の源氏が忘れられずに、秘かに逢瀬を重ねている朧月夜の心である。帝が修法のために清涼殿で身を慎んでいるとき、朧月夜はいまその北向かいの弘徽殿に源氏を引き入れて密会している。帝の修法中なので、いま二人が密会している弘徽殿の細殿《ほそどの》（西庇）の西の通路を通って清涼殿に出入りする人も多く、それを「常よりも端近（室内の端近い人目につきやすい場）」といったのである。この「そら」も、単なる接頭語として「何となくおそろしい」と説明されるのが普通であるが、やはり二人が身を置いている、通行する人々の気配の近い「端近」な細殿にいて、外部の人には見られていないにしても、二人を取り囲んでその逢瀬のさまを見ている「そら」を、より実体的に感知したものとすべきであろう。

3は、浮舟が、夫薫の友人の匂宮に思いがけず逢うことになり、しだいに心ひかれるようになってきて、いま匂宮に逢った直後に、また続けて薫と逢うことなどどうしてできようと、思い悩んでいる場面である。ここの「そら」についても、単なる接頭語として、「何となく恥ずかしく怖ろしい」などと説明するのが通説である。しかし、ここでは「そらさへ恥づかしくおそろしきに」と、「さへ」の語を伴っていることからしても、この「そら」は単なる接頭語ではあり得ない。浮舟は、続けさまに二人の男に逢うことになったわが身を、じっと見つめている「そら（空）」を意識してまず自己を恥じ、やがて匂宮との密通が薫や世間にも知られて物笑いになり、身の破滅になることを怖れているのである。浮舟の恥じ怖れているのは、同時に二人の男に逢うことになってしまった自己の愚かさが他に知られることであり、具体的には、二人の男を共に失う途を進んでいるわが身を恥じ、その結果またもかつての放浪の身に堕ちることを怖れているのである。ここは「何となく恥じ怖れている」というような文脈ではない。

ここの「そら」には、卑小な存在の人間を取り囲んでいる広大な沈黙の空間（そら）に対する、当時の人々の漠然とした畏怖の念が認められる。それは、後述する柏木の幻覚した「空につきたる目」とも一連の感覚であり、やがては中国思想の「天（テン）」へと統合されてゆくものだと考えられる。

4は、宇治川に身を投げようとしたものの果たせず、横河僧都《よがわのそうず》に助けられて僧都の妹の尼の庵に心身を休めていた浮舟が、尼から初瀬詣でに出かけようと誘われたときの浮舟の心である。比叡山西麓の小野の庵室に連れてこられてから三ヶ月ばかり、浮舟は心神喪失のような有様であったのが、ようやく恢復してきたので、尼君は浮舟の心を晴らすために初瀬詣でに連れ出そうとしたのである。かつて浮舟は母に連れられて幾度も初瀬に詣でたけれども、何の効験もなくてこんな身の有様で生き残っている、いまさら何を期待して参詣しようか、と心が進まない。さらにまた、いまだ気心もよく知らない尼君たちと旅をする気詰まりな道中を思うと、心も重くなってくる。ここの浮舟のおぼえている「そらおそろし」は、それまで狭い庵室の中に閉じこもっていた身が、屋外の広大な世界に出て、神仏にも見放された卑小で愚かな自分を、「そら」の下に隈無くさらしたときの不安やおびえの感覚をいったもの、と考えられる。

自己のあり方に後ろめたさをおぼえていた柏木や女三宮は、明るく光の多い場や屋外などに出ることにまぶしさや恥ずかしさを感じていたが、ここの浮舟の「そらおそろし」もそれと同種の、屋外の広大なまぶしい空間に身をさらすことへの怖れの感覚なのである。

蜻蛉日記の作者は、天禄元年（九七〇）六月ごろ、夫兼家の足が四十日以上も途絶えていることに深く心を傷めていたが、それを心配した周りの人々のすすめで、「心ものべがてら（鬱屈した心を晴らそうと）」、近江の唐崎へと祓えに出かけた。その途中、逢坂の関山から麓に広がる琵琶湖をはるかに見渡したときの心を、次のように記している。

関の山路《ぢ》あはれあはれとおぼえて、行く先を見やりたれば、行方も知らず見えわたりて、鳥の二つ三つゐたると見ゆるものを、しひて思へば釣り舟なるべし。そこにてぞ、え涙はとどめずなりぬる。いふかひなき心だにかく思へば、まして異人《ことひと》（同行ノ知人）はあはれと泣くなり。はしたなきまでおぼゆれば、目も見合はせられず。（蜻蛉日記・中）

ここでは、作者がそれまでの夫との関係を強く悲嘆していたときでもあったが、日ごろの閉じられた狭い屋内の生活から外に出て、いま果てしなく広がる穏やかな湖を眺望したことが、涙の止まらないほどの深いカタルシスをもたらしたのである。

当時の貴族女性たちは、日ごろ家の奥に身を置き、下男たちにも姿を見られることを嫌がって、縁側近くにも出ないような閉じられた狭い空間に生活していたから、ただ屋外の広々とした世界に出たということだけでも、非常な解放感をおぼえるとともに、またその反面では、明るい広大な世界の中に身を置いたことによる落ち着かなさや不安感、畏怖の感覚をおぼえるほどの緊張をもたらされることがあったのである。

5・6は、源氏物語の影響を強く受けた後期物語の例で、共に源氏物語を愛読した更級日記の作者の書いた作品とされてきたものである。まず5は、思いがけなくも姉の夫の内大臣と契ってその子を産んだ寝覚上は、心ならずも老いた関白と結婚するが、その後も内大臣との関係は絶えない。そんな寝覚上を求めて帝が強引に近づいた直後の場面で、寝覚上は帝に抱かれているときにも、内大臣の面影がいまの自分の姿を見ているような気がし、自分のこの有様を見つめているはずのまわりの「そら」を意識して、「おそろしく」不気味に思ったというのである。寝覚上は、自分がいま内大臣のことを思いやっていることで、自分の姿が内大臣の夢に見えたのではないかと気にしているところは、前掲1の源氏物語の空蟬が、源氏と共寝しているさまが遠く伊与にいる夫の夢に見られたのではないか、と怖れる場面をうけた描写であろう。

6は、亡き父が唐国の皇子に転生していると知った中納言は、渡唐して父の生まれ変わりの皇子に会う。ところが、そのときに一目見た皇子の母后に魅せられて、ついに后と契り子を儲けることになるが、ここはその逢瀬の場面における后の心である。中納言はすばらしい男だが、唐国の后の地位にある自分が、異国の男とこんな夢のような逢瀬をもってよいものかと思うものの、やはりこれも自分に与えられた逃れがたい宿世なのだろう、と物思いに耽っている場面で、そうした宿世の因果を支配している冥々の霊力をいま畏怖の思いで感じている。そんなわが身を包み込んでいる世界を「そら」といったものである。

この6の例について松尾聰は、ここの「そら」の語を「空の目が恐ろしく」と実体的に考え、当時の「そらおそろし」の語は、一般に「自分の心に秘めている罪・過失に対する恐れの気持をあらわすようである」といっている(18)。松尾のいう「罪・過失に対する恐れ」は、夫以外の男と通じたことをさしていらしいが、これまで述べてきたように当時にはいまだそうした倫理意識は成立していなかった。したがってここの「そらおそろし」もまた、この世界を支配している不可思議の摂理をいま自己の身近に感知し、それに対する畏怖の念を「そら」といったものと考えられる。古代の人々は、そうした冥々の力をたえず肌に感じながら生きていたのである。

第三章　源氏物語の男女の関係

一　源氏物語の主題は人妻の「密通」である

源氏物語は、平安時代の「物語」という文学ジャンルの作品として書かれたものである。当時の物語のほとんどは「恋」や「結婚」を主要なテーマとしていたので、源氏物語もその時代の人々の日常生活や、人はどう生きるべきかといった問題などについても、主として登場人物たちの恋や結婚など男女関係の側面に関わって取り上げられている。ただし、源氏物語に描かれている男女の恋や夫婦の関係は、当時の物語に一般的であった「めでたしめでたし」で終わるようなありふれた浪漫的な恋物語ではなかった。源氏物語に描かれている男女関係の大部分は、われわれ近代人の立場からするならば、はなはだしく反道徳的というべき「不倫」「密通」の関係として描かれ、しかもそれが終始繰返して書かれている。まさに「不倫」「密通」という男女の関係を描くことこそが源氏物語の中心的なテーマである、ともいい得るような性格の作品なのである。

源氏物語は、さまざまな男女の関係を通じて多くの問題を取り上げている長編の物語なので、全体を三部作として読むのが通説になっている。第一部の物語では、主人公光源氏が、その父桐壺帝の寵愛する若い妻藤壺を恋い求めて「密通」し、藤壺は源氏の子を産む。二人の子の出生の秘密は桐壺帝や世間に知られないまま父帝の子として育てられ、やがてその子は皇太子となり、ついには即位して天皇になるという、すこぶる「不倫」の男女の関係を主軸として物語が展開されている。源氏と藤壺は、最後まで自分たちの秘密の関係を世間に隠し通して、その密通により生まれた子を天皇になし得ただけではなく、藤壺は皇后の地位に昇り、源氏もまた退位した天皇を尊称する「院号《いんごう》」を得て、上皇と同じ待遇をうける身になり、二人は現世でのこの上ない地位と栄華を手に入れるという、近代人からすると甚だしく反社会的反道徳的な内容の物語なのである。

光源氏は、父帝寵愛の若い妻藤壺と通じただけではなくて、さらに自分の異母兄朱雀帝の最愛の妻の朧月夜とも密通している。朧月夜は、朱雀帝の東宮時代にその妃に予定されていた人で、四月に結婚する予定であったその直前の三月に、たまたま源氏が通じてしまい、それが世間にも知られたために朧月夜の入内は中止になる。しかし朱雀帝が即位すると、朧月夜は朱雀帝の希望もあって御匣殿《みくしげどの》別当（帝の装束のことを掌る役所の長官）として入内し、やがて尚侍《ないしのかみ》（女官長）の地位について、朱雀帝の寵愛第一の妻として宮中で時めいていた。ところが、源氏はその後も秘かに朧月夜との関係をもち続けて、宮中などでも密会を重ねていた。朱雀帝はそれを知りながらも、おとなしく気の弱いこの人はただ黙ってそれを見過ごしていたと書かれている。

次いで第二部の物語においても、源氏の四十歳になったときに結婚した十四歳ばかりの若い妻女《おんな》三宮《さんのみや》と、その宮を求める若い柏木《かしわぎ》という男との関係によって物語が展開され、今度は源氏の妻が柏木の子の薫を産む、という密通事件を中心に描かれている。次いで第三部の宇治十帖では、柏木と女三宮の密通により生まれて、源氏の子として育てられていた薫が主人公として物語が展開されてゆく。そして、この物語の最終部の浮舟の物語では、薫の妻になった浮舟と、薫の幼時からの親しい友であった匂宮《におうみや》との密通関係が主題になっている。匂宮は光源氏の孫であり、薫の甥という近親関係にあった。このようにして、源氏物語は全編を通じて人妻との「密通」をテーマにした物語なのである。しかもそれらの密通する男女は、女の方は単に人妻であるというだけではなくて、自分の父の妻や異母兄の妻、あるいは貴族社会の長老の妻や友人の妻、という身近で親密な関係にある知人の妻なのである。近代人の立場からすれば、この物語はこうした「不倫」「不義」の男女の関係を描いた、すこぶる反道徳的な作品なのである。

どの時代においても、一般にすぐれた文学作品は何らかの反社会的反道徳的な性格をその本質にもつところがあるが、特にこの源氏物語に描かれている男女の関係は、近代的な倫理観からすると著しく反社会的反道徳的な性格をもっている。そんな不倫の物語を、当時の社会や人々はどのように考えて受け容れ、しかも高く評価していたのであろうか。

源氏物語の書かれた一条朝（九八六〜一〇一一）の貴族社会では、時の執政者であった藤原道長がこの物語の作者紫式部を高く評価していて、自分の娘の中宮彰子の側近に高級女房として出仕させ、中宮の教育係ともいうべき重要な地位につけていた。また、時の一条天皇もこの物語を読んで、作者の見識に感心したことが紫式部日記に書かれている。ただし一条天皇や道長は、この物語のどのような側面に感心し評価したのかについてはよく判らない。それにしても当時の貴族社会は、これほどにも社会秩序に反する男女の関係を描いた物語のどういうところに共感し、もてはやしたのであろうか。また、こんな作品を受け容れた当時の貴族社会は、一体どういう性格の社会だったのであろうか。

二　人妻の「密通」は「悪」か

光源氏と藤壺の密通

源氏物語には、われわれ近代人の立場からしても深く共感できるような、鋭い問題意識をもって書かれている内容が多くある。しかしその反面には、千年もの昔に書かれた作品として当然ながら、やはりこれはわれわれ近代人とは異なる社会に生きた人々の物語なのだ、と思わせられるところもまた多い。例えばその一つは、この物語の主人公の光源氏は、自分を限りなく寵愛してくれている父帝の最愛の妻藤壺に通じ、藤壺の方もまた夫帝の子の源氏との間に子を産むまでの仲になりながらも、この男女は、自分の父や夫に対して「わるい事をしている」とか、自分たちは倫理的な「悪」をなしている、といった意識をまったくもっていないように見えることである。少なくともこの物語に描かれている源氏や藤壺は、自分たちの「密通」の関係について、何らかの「後ろめたさ」をおぼえたり、「良心の呵責」といった意識をもっていたようには見えないのである。

源氏と藤壺の逢瀬の場面は次のように書かれている。実はこれ以前にもどういういきさつであったのか、源氏と藤壺は一夜を共にしたことがあった。その後にも源氏は藤壺を激しく恋い求めて近づこうとしていたが、二人はその立場上からも容易に逢うことができずにいた。次の記事は、源氏が里下がりしていた藤壺の屋敷を訪れて、ようやく二度目の逢瀬をもつことができた夜の場面である。

（源氏ハ）いかがたばかりけむ、いとわりなくて（藤壺ヲ）見奉るほどさへ、現《うつつ》とはおぼえぬぞわびしきや。宮もあさましかりし（最初ノ逢瀬ヲ）をおぼし出づるだに、世とともの御物思ひなるを、さてだにやみなむと深うおぼしたるに、いと心憂《う》くて、いみじき御気色《けしき》なるものから（辛ソウナ御様子ナガラモ）、なつかしうらうたげに、さりとてうち解けず、心深う恥づかしげなる御もてなしなどの、なほ人に似させ給はぬを、などかなのめなること（藤壺ノ態度ニ感心シナイ点）だにうち混じり給はざりけむ、とつらうさへぞおぼさるる。何事をかは聞こえ尽くし給はむ、暗《くら》部《ぶ》の山に宿りもとらまほしげなれど、あやにくなる短夜《みじかよ》にて、あさましうなかなかなり。

見てもまた逢ふ夜稀なる夢の中《うち》にやがてまぎるる我が身ともがな

と、むせ返り給ふさまもさすがにいみじければ、

世語《よがた》りに人や伝へんたぐひなく憂き身を醒めぬ夢になしても
思《おぼ》し乱れたるさまもいとことわりにかたじけなし。（若紫巻）

源氏物語の文章は、当時の他の作品に比べてもすこぶる難解であるが、ここの場面の要旨は次のようなことである。

源氏はどんな手だてによってか、無理やりにやっと藤壺に逢うことができたが、その姿を目の前に見ても、いまだ現実のような気がしない。藤壺の方も、思いがけず源氏とそんな仲になった最初のときのことを思い出すだけでも、これまでずっと心痛の種だったので、あの一度だけの関係で終わらせたいと固く思い決めていた。それが、またもやこうして逢うことになったのがとてもつらくて、すっかり困惑している。しかし藤壺は物やわらかくやさしい態度で応じて、そうかといって源氏を受け容れる様子でもなく、その思慮深い態度、源氏の方も恥ずかしくなるようなその対応が、やはり他の女とは違っている。この人はどうしてこうも不足なところが一つもないのかと、藤壺の対応の完全さが却って辛く思われる。夏の短夜なので、思いのたけも語り尽くせず、せっかく逢ったのにこれではむしろ苦しいばかりだと、源氏の心はあせる。

夜明けの別れに際して源氏の詠んだ歌は、「こうして逢えたけれども次の逢瀬はいつとも知れず、このはかない今の夢のような逢瀬の中で死んでしまいたい」といったものである。藤壺の方も、やはり源氏の自分を激しく恋い求める心に動かされて、「こうして逢瀬が重なると、二人の仲は世間に知られ、後々の世まで語りぐさになることだろう。このつらい宿世のわが身が、いまのこの夢の中で消えてしまっても」と応えている。

源氏と藤壺の逢瀬はこれが二度目で、最初の逢瀬の場面は物語には描かれていない。しかし藤壺は以後二度と逢うまいと固く決めていたという。それは帝の妻である身が他の男に逢ってはならぬ、といった倫理的な理由からではなくて、二人の関係が世間に発覚すると身の破滅になるからである。当時は人妻の密通は一般にさほど大きな倫理違反とまでは考えられていなかった。「憂き身」は、夫帝の子と逢うことになったつらい宿命をもつこの身、ということである。自分はそうしたかなしい宿命をもって生れた身であり、その宿世に従って生きる他ないのだと考えているのである。この歌からしても、藤壺の第一に気にしているのは源氏との関係が世間に知られることであり、夫帝の子と通じたことの「後ろめたさ」といった感情については、一切記されていない。物語ではわざとそのことにはふれなかったのだというのではなく、一般に当時のこんな場合の男女は、自分たちの密通が世間に知られることは強く怖れたが、密通という行為自体については、さほどの倫理的「悪」だとは考えなかったのである。

父帝、源氏と藤壺の子を見る

さて、藤壺はこの源氏との二度目の逢瀬により妊娠して男児を産む。事情を知らない桐壺帝は、寵愛する藤壺に子が生まれたのをよろこび、早くその嬰児を見たいと藤壺の参内をうながしたので、藤壺は産後二ヶ月ばかりして天皇に見せるために嬰児を連れて参内することになった。嬰児の顔は源氏と瓜二つであったが、帝はそれをまったく不審には思わず、この嬰児をいつくしみ、帝みずから抱いて折から出仕していた源氏の所へも見せにやってくる。次はその場面での源氏と藤壺の様子である。

中将の君（源氏）、こなたにて御遊びなどし給ふに、（帝ハ）抱き出で奉らせ給ひて、「皇子《みこ》たちあまたあれど、そこをのみなむかかるほどより明け暮れ見し。されば思ひわたさるるにやあらむ、いとよくこそおぼえたれ。いと小さきほどは皆かくのみあるわざにやあらむ」とて、いみじう愛《うつ》くしと思ひきこえさせ給へり。中将の君、面《おもて》の色変はる心地して、おそろしうも、かたじけなくも、うれしくも、あはれにも、かたがた移ろふ心地して、涙落ちぬべし。（嬰児ガ）物語などして、うち笑み給へるが愛《うつ》くしきに、わが身ながらこれに似たらむは、いみじういたはしうおぼえ給ふぞあながちなるや。宮（藤壺）は、わりなくかたはらいたきに、汗も流れてぞおはしける。なかなかなる心地の乱るやうなれば、まかで給ひぬ。（紅葉賀巻）

父帝は、嬰児が源氏とよく似ているのを見ても、「自分には多くの子がいるが、このような嬰児のころからの姿を見てきたのはそなただけだ、だから、そのころのことが思い浮かぶせいか、この子はほんとにそなたとよく似ている。こんな嬰児のころには皆似ているものかも知れないな」といっていとおしんでいる。その父帝の言葉を聞いた源氏は、顔色も変わる気がして、傍線のように次々とさまざまな感情が生起したという。

最初の「おそろしうも」は、一瞬父帝に事情が察知されたのかと恐れたのである。だがすぐにそうではなく、嬰児の美しさを見てよろこんでいるのだと知ると、「かたじけなくも」と思う。この語は、父帝がわが子を美しい子だとほめてくれ、これほどに可愛がってくれているのを見て、もったいないと恐縮する思いである。「うれしくも」は、父としてわが子が祝福されているのをよろこぶ心であり、「あはれにも」は、この美しい子が自分と藤壺の子なのだ、という感慨である。ここに記されている源氏の心におぼえたさまざまな感情には、この嬰児が父帝の子ではなく、自分が父の妻と密通して生まれた子であることについての「後ろめたさ」や、「父帝にわるいことをした」といった心やましさ、つまり「良心の呵責」とでもいうべき自責の感情は、まったく認めることができない。「涙落ちぬべし」も、初めてわが子を見たこと、しかもその子がこんなにも美しい子だと知っての感涙である。さらにまた、この美しい嬰児と自分が似ているのであれば、わが身をもいたわらねばならぬ、と思ったというのであるから、ここに記されている源氏の感情には、父帝に対する心の痛みなどはまったく認められず、全体として初めて藤壺の産んだわが子を見たことのよろこびや感慨があるのみである。父帝の言葉を聞いた最初こそは、密通が知られたかと顔色も変わるほどに恐怖したが、発覚していないとわかると、もっぱらわが子のいとしさや美しい姿に感激している様子のみが書かれている。

藤壺の方も二人の様子を見ていて、嬰児が源氏とあまりにもよく似ていると帝が言い出したときには、事情が察知されたのか、といたたまれない思いで冷《ひ》や汗を流していたという。藤壺もまた傍らにいて密通の発覚を恐れてはいるが、やはり夫の帝に対する後ろめたさや負い目の感情などは一切記されてはいない。この男女は、自分たちの密通が露顕して身の破滅になることについては強く怖れているが、自分たちのなした行為が父や夫の心を傷つけるであろうことについては、まったく思い悩んでいる様子はないのである。

源氏と藤壺は、この後も自分たちの関係が世間に知られることを怖れながらもうまく対処して、二人の間の子を皇太子に立て、さらに帝位にまで即けることができた。しかし、この男女はその後も自分たちは人倫に反する「悪」をなしたと悩んだり、父や夫に対して「良心の呵責」をおぼえたりすることは一切なかった。一般にこの物語の男女には、密通が「悪」であるという意識があまりなかっただけではなく、「良心の呵責」といった感情もいまだ明確にはもっていないように見える。父の妻や夫の子との密通は「悪」だとまでは考えていないけれども、その密通が世間に知られることは強く怖れていて、それが社会から非難される「よくないことだ」とは知っている。しかし、その「よくないこと」は、他人に知られない限りは、気にならなかった。つまりこの二人にはまさに、自己の「悪い行いが、〈世人の前に露顕〉しない限り、思いわずらう必要はない」というベネディクトの指摘が認められるのである。これは源氏物語という文学作品における特殊な場合のことではなくて、当時の社会や人々にも広く認められる思考なのであった。

ただし、源氏物語においては光源氏や藤壺が密通に際して、父帝や夫に対してまったく「負い目」や「後ろめたさ」をおぼえることはなかったのか、という問題は、改めて後に柏木と女三宮の密通の物語において取り上げられ、より深められて追求されている。

源氏と朧月夜

朧月夜は時の右大臣の六女で、源氏の母桐壺更衣《きりつぼのこうい》を憎んでいた弘徽殿女御《こきでんのにょうご》の妹である。その朧月夜が皇太子妃として入内する直前に、源氏が逢ってしまい、そのことが世間にも漏れて、朧月夜の入内は中止になった。娘を東宮妃からやがては皇后にと考えていた父の右大臣は落胆したが、その腹立ちを抑えて、ちょうど源氏の妻の葵上《あおいのうえ》が亡くなったときだったので、源氏に朧月夜と結婚してわが家の聟になってくれと申し入れたけれども、源氏は冷たくあしらって受け容れなかった。そこで朧月夜をかわいそうに思った父右大臣や姉の弘徽殿は、即位したばかりの朱雀帝の後宮に御匣殿別当《みくしげどののべっとう》、次いで尚侍《ないしのかみ》の地位につけて仕えさせることにした。尚侍は法制的には天皇の妻の女御とは違って、総女官長とでもいうべき事務職であったが、源氏物語のころには天皇の妻や東宮妃のつくポストにもなっていた。朧月夜は源氏との事件が世間に広く知られたので、父大臣が天皇の正式の妻である女御の地位につけるのを憚ったのである。朱雀帝は入内した朧月夜を寵愛し、父大臣や弘徽殿大后の後ろ盾もあったために、朧月夜は他の女御たちを圧倒して、後宮第一の威勢を誇る身になった。ところが、そんな身の上になりながらも朧月夜は、源氏との関係を断つことができないでいた。

当時は実社会においても、東宮妃のような地位にある人の密通が発覚しても、特に大きく咎められることはなかったのである。三条天皇の東宮時代にその妃として尚侍の地位にあった藤原綏子《すいし》は、若い源頼定と通じて妊娠したことが発覚したときにも、しばらく自邸に下がって謹慎するという程度の処分ですんでいる（大鏡）。しかもその後に綏子は正二位という高位に叙せられている（権記・長保三年正月二十日）。当時の貴族社会では東宮妃などについても、その男関係にはかなり許容的だったのである。既に早く娘時代に在原業平と関係のあった藤原高子は、親たちによりその仲をさかれて清和天皇の女御となり、その産んだ子が陽成天皇として即位したことにより皇太后の地位に昇り、「二条の后」と呼ばれた例があった。藤原高子と業平の関係は、古今集や伊勢物語に見えてよく知られていた。実は源氏物語の朧月夜は、この二条の后藤原高子の姿を暗示するように書かれているのである(19)。その将来には確実に予定されている東宮妃や皇后の地位をふり棄てることをしても、初めての男を恋い求め続けるという若い娘の浪漫主義を、この朧月夜はよく承け継いでいる女性であった。

源氏は、朧月夜が入内して朱雀帝の妻となってからも関係をもち続けて、内裏の朧月夜の曹司《ぞうし》の弘徽殿で逢瀬を重ねたり、ついには里下がりしていた朧月夜に逢いに右大臣邸にまで出かけて、そこで朧月夜と共寝をしているのを父大臣に見つけられてしまう。あまりにも自分たち一家を侮辱する源氏の態度に腹を立てた右大臣や弘徽殿は、源氏を政界から追放する意志を固め、謀叛罪（天皇に対する叛逆罪）により裁判にかけようとした。そこで源氏は罪が確定する前に都から逃れ出て、須磨に退居した。朧月夜は天皇の寵愛する妻ではあっても、その尚侍という地位は法制的には天皇の妻ではないので、天皇の妻に通じたとして処罰することはできなかったし、またそうしては朧月夜をも処罰しなければならなくなる。当時は、重要な事件の場合の法律の適用には、専門家の明法博士《みょうぼうはかせ》などが原案を出して厳密に審議され、手続きなども慎重に運営されていたのである。しかし、朧月夜の方もそのまま放置しておくこともできないので、しばらく参内停止の処分をうけた。

源氏が須磨に移って三年目、朱雀帝は眼病が悪化して退位することになり、源氏と藤壺の子の東宮が即位することになった。ところが、その新帝の補佐役を勤め得る人が源氏以外にはなく、右大臣も既に亡くなっていたので、源氏は許されて都に帰ることになった。朱雀帝は退位を決意したころのある日、朧月夜に次のようにいう。

「わが世残り少なき心地するになむ、（アナタノコトガ）いといとほしう、名残なきさまにてとまり給はむとすらむ。昔より人（源氏）には思ひ落とし給へれど、みづからの心ざし（私ノアナタヘノ愛情）のまた無きならひに、ただ御事のみなむあはれにおぼえける。立ちまさる人（源氏）また御本意《ほい》ありて見給ふとも、（私ノ）おろかならぬ心ざしはしもなずらはざらむ、と思ふさへこそ心苦しけれ」とて、うち泣き給ふ。……「などか（私トノ間ニ）御子《みこ》をだに持《も》給へるまじき。口惜しうもあるかな。契り深き人（源氏）のためには、いま見出で給ひてむ、と思ふも口惜しや。

限りあれば、ただ人にてぞ見給はむかし」など、行く末のことをさへ宣はするに、（朧月夜ハ）いと恥づかしうも悲しうもおぼえ給ふ。（澪標巻）

帝は、「私の命は残り少ない気がして、あなたのことがとてもいとしく、私の退位後あなたは、父大臣も亡くなって昔の威勢もない有様でお暮らしになることだろう。あなたは昔から源氏に比べて私を見下げておいでだったが、私の愛情はずっと誰にも劣らず、ただあなたのことだけをいとしく思ってきた。私よりもあなたの心の深かった源氏と、あなたの願い通り結婚することになっても、あなたを思う私の深い気持は源氏とは比べものになるまい、と考えるだけでもつらい」といってお泣きになる。さらにまた「なぜ私との間に皇子をお持ちにならなかったのか。ほんとに残念なことだ。深い宿縁のある源氏のためには、すぐに子をお産みになるに違いない、と思うと口惜しいよ。だがその子は父の身分ゆえ、ただ人としてお育てになることだろうよ」と、これから先の源氏とのことまで仰せになるので、朧月夜は恥ずかしくまた悲しい気持になった、というのである。

気の弱い朱雀帝は、寵愛する朧月夜と源氏の密通を知りながらも、それを黙って見過ごしていたのである。いまでは成熟して分別もついた朧月夜は、この帝の言葉を黙って聞きながら、源氏との過去のことを改めてふり返り、源氏は自分のことをそれほどに思っていなかったらしい様子もわかってきた。「などてわが心の若くいはけなきにまかせて、さる騒ぎをさへ引き出でて」と、若さにまかせてよくもあんな騒ぎを引き起こしたものよ、と悔恨の思いもよぎる。

朧月夜の物語にはこのように、若さのもつ無謀さ危うさとともに、やがてその若さを懐旧したときのほろ苦さや、愛惜の心も書き込まれているのである。

浮舟と薫と匂宮

源氏物語は男女の関係を中心に物語が展開されているが、単に男女の関係のみにとどまらず、親子や家族との関係、当事者の男女の自我や主体性の問題など、いずれの男女の関係についても、それが引き起こすさまざまな人間関係の問題と深く関連させて描かれている。男女関係と社会生活や、密通と「良心」の問題をあつかった、柏木と女三宮の関係は次節で取り上げるが、比較的に男女という関係に集中して描かれているのは、この物語の最終部宇治十帖の浮舟の物語である。

浮舟は、光源氏の異母弟八宮《はちのみや》の娘であったが、その母が八宮に仕えた女房という低い身分であったことなどにより、父宮から子として認知されなかった。そのために母は八宮邸に居づらくなって、自分よりもさらに身分の低い常陸介《ひたちのすけ》の後妻になり、浮舟は母の連れ子として義父のもとで肩身の狭い生活をしているという、薄倖の娘であった。

八宮には早く亡くなった北方の産んだ大君《おおいぎみ》・中君《なかのきみ》という二人の娘があったが、世渡りの下手な八宮は没落して都での生活を維持することができなくなり、二人の娘を連れてさびしい宇治に隠栖し、仏道修行に努めていた。柏木と女三宮の密通により生まれて、源氏の子として育てられていた薫は、幼い頃から自分の出生の秘密を感じ取っていて、将来は出家したいと考えているような若者で、八宮と知り合ってからは宮と仏教の話をするために宇治へ通っていた。やがて薫は、八宮の長女の美しい大君に強くひかれて求婚するが、大君は没落した貧しい宮家の娘の身では、都の大貴族の薫の妻の座を維持することは無理だと考えてうけいれない。やがて死期を悟った八宮は、自分の亡き後の娘たちの世話を薫に頼み、宇治山の寺に入って亡くなった。残された大君も、妹中君の身の上の心配や一家を支える心労のために病死してしまう。薫は中君を親友の匂宮と結婚させたが、自分の妻には大君以外にはないと思っていたのに死なれてしまい、失意の日を過ごしている。

浮舟の物語はそこから始まる。そのころ夫の任国常陸から都に帰ってきた浮舟の母は、匂宮の妻として幸せに暮らしていた中君を頼って、良縁を世話してほしいと浮舟を預ける。ところが、中君のもとに見知らぬ美しい娘のいるのを見つけた色好みの匂宮は、早速浮舟に手を出そうとする。その話を聞いた浮舟の母は、驚いて中君のもとから浮舟を連れ出し、三条辺に小家を借りて住まわせた。一方、中君から亡き大君に容貌のよく似た異母妹浮舟のことを聞いた薫は、実際に逢ってみると大君に瓜二つで、ものやわらかな感じの娘であるのに驚き、三条の小家から連れ出して一時宇治の八宮邸に置くことにした。しかし浮舟と話していると、顔かたちこそ大君によく似ているものの、田舎育ちのこの娘には貴族としての物腰や教養もないことを知り失望するが、亡き大君の「形代《かたしろ》（よく似た人形）」として慰めに見ようと考えていた。浮舟の方は、薫を美しい男だとは思うが、あまりにも身分が隔たっていることもあり、薫のもの静かな人柄に重圧感圧迫感をおぼえ、また薫の自分を見下しているような視線を感じると、落ち着かずにおどおどしてしまう。しかし、浮舟はそれまでの放浪の身のつらさを思うと、薫に引き取られたことでようやく安定の生活を手に入れたいま、どうにか薫の妻の座の片端に連なることができたこの生活を受け容れ、守らねばならぬと考えている。

ところが、そこへ色好みと評判の匂宮が近づいてきた。匂宮は一度見た浮舟の姿が忘れられず、浮舟の行方を捜し求めてついに宇治にまで尋ねて来たのである。そして浮舟と一夜を共にすると夢中になり、その翌日も浮舟のもとに居続けることになった。最初は怖れていた浮舟も、宮と親しくなってみると、しだいにその気さくな人柄に好感をおぼえるようになる。匂宮も薫に劣らず美しい男であったが、何よりも浮舟が心ひかれたのは、重々しい態度の薫とは違って高貴な親王の身でありながら気取らず親しみやすくて、さらに情熱的に浮舟に迫ってくるその姿勢であった。

こうして二人の男の間をさまようことになった浮舟は、どちらの男に従って生きるべきかに悩んで決めかね、ついに死を決意することになる。ただし、浮舟が死のうとまで悩み迷ったのはもっぱらわが身の振り方についてであり、夫のある身がその友人の匂宮とこんな仲になってしまって、夫の薫に「わるい」と思ったからではなかった。浮舟は自分の生活を思い、薫の妻になって安定した生活を得たとよろこんでいる母を悲しませてはいけない、とは絶えず考えていたが、夫の薫に「わるいことをしている」と考えることはなかった。浮舟もまた自己中心的な思考のもとに生きているのである。

浮舟の「生」と「性」

浮舟は、夫の薫と匂宮のどちらを選ぶかを決めかね、ついには宇治川に身を投げようとまで思い悩むが、実は理性では最初から自分は薫の妻としての生活を守るべきだ、と考えていたのである。思いがけず匂宮と二夜を共にすることになって、しだいに宮にひかれてゆく自分を意識しながらも、宮を好ましいと思ってはならぬと繰り返し自分に言い聞かせている。頼るべき身寄りもなくさすらいの生活を過ごしてきた浮舟は、やっと好運に恵まれて得ることのできたいまの薫の妻の地位を危うくしてはならぬ、と考えていたのである。

しかし、理性的にはそうと判っていながらも、匂宮との逢瀬をもつと、浮舟はしだいに宮にひかれてゆく自分を感じている。薫と一緒にいるときの重苦しさや、自分を見下げている薫の視線に萎縮感をおぼえるようなこともなく、浮舟は宮と共にいるときには心身が深く解放されてゆくのおぼえるのである。この薄倖の娘は、生まれて初めて生きていることのよろこびや充実感を知った。宮には、卑しい浮舟に身分差を感じさせる態度もなく、素直に振る舞い率直に浮舟を求めてくる。浮舟の方もそんな宮に、「時の間も見ざらむに死ぬべし、とおぼし焦がるる人（匂宮）を、心ざし深しとはかかるを言ふにやあらむ、と思ひ知らるる（浮舟巻）」ようになってきた。それまで薫以外の男を知らなかった浮舟には、「暮れゆくはわびしうのみおぼし焦《い》らるる人にひかれ奉りて、いとはかなう暮れぬ」と、自分を強く求めてくれる匂宮との一刻をも惜しむ時間を共にして、この男と過ごす生活の高揚感充足感を深く知ることになった。

匂宮の方も、浮舟と初めて終日一緒に過したことで、この女の「見れども見れども飽かず、そのことおぼゆる隈（欠点）なく、愛敬づきなつかしくをかしげな」有様を知ると、離れがたい思いがつのってきて、京に帰らねばならぬ次の日も無理をして宇治に居続けることになった。そんな翌日の昼間、宮は、

「心よりほかに、え見ざらむほどは（ソナタト逢ウコトガデキナイトキニハ）、これを見給へよ」とて、いとをかしげなる男女《をとこをんな》もろ共に添ひ臥したる形《かた》を描き給ひて、「常にかくてあらばや」など宣《のたま》ふも、（浮舟ハ）涙落ちぬ。（浮舟巻）

と、二人が抱き合って寝ている姿を絵に描いて見せたりした(20)。

当時の物語は男女の関係を中心に書かれているものでありながら、ほとんど性描写というべき記述がない。ところが、源氏物語には簡略で朧化されてはいるが、稀にそれらしい場面の描かれているところがあり、これもその一つである。ここの記述は、若い女が性愛を通じて男に深くひかれてゆくさまを、さりげなく象徴的に描いたものと読むことができる。性愛は男女の関係のもっとも基底をなすものであり、「生」の根源の衝動に根ざしていて、「性」は「生」の活動の本質なのである。このあとの浮舟の心が、理性的には薫に従う道を選ぶべきだと繰り返し自分に言い聞かせていながらも、匂宮

に傾斜してゆくことになるのは、宮とのこうした性愛を通じた「生」の充足感によると考えられる。浮舟と匂宮との関係は、いまだ明確には意識化されていないが、男女の性愛のもつ意味に深く注意した、文学史上初めての問題提起なのである。

それまでの浮舟にとって、薫は自分に生活の安定をもたらしてくれる保護者、というところに第一の意味があった。また浮舟が薫に求めていたものもそれである。ところが匂宮は、浮舟にとって初めて知る、心身の奥深くまでしみわたるような生きていることのよろこび、重苦しい現実からの解放感をもたらしてくれた。ただし、冷静になったときに考えると、匂宮は浮気者と評判の男であり、宮に従う道にはいつ自分が棄て去られてもとの放浪の身になるかも知れぬ、という不安が絶えずつきまとう。やはり自分は薫を頼りにせねばならぬ、と浮舟の心はゆれ迷う。

匂宮はその後にも宇治を訪れ、三日ばかり浮舟と過ごしたりしているうちにいよいよこの女に心ひかれて、浮舟を京に迎えようと考える。一方で匂宮が浮舟のもとに通っていると聞いた薫も、浮舟を目のとどく京に移すことに決めた。薫は、浮舟が匂宮と逢っているのを知ったとき、「らうたげに、おほどかなり（オットリシテイル）とは見えながら、色めきたる方は添ひたる人ぞかし。この宮の御具（遊ビ相手）にてはいとよきあはひなり、と思ひも譲りつべく、退《の》く心地」になったという。いじらしくかわいい女と見えながら、男にはなびきやすいところがあったのだ、あの浮気者の宮の相手にはちょうどよい女だ、いっそ宮に譲ってしまおうか、と浮舟から手を引こうとも考えたが、しかしさほど大切な妻というわけでもない女なのだから、時たまの相手としてこのまま置いておこう、と決めたという。浮舟の方もまた、無意識のうちにそうした薫の自分を軽く見ている目を感じていたからこそ、宮にひかれたのである。こうして浮舟は、薫と匂宮のどちらに従うかを決断せざるを得なくなり、思い悩んだ末に宇治川に身を投げようと考える、というところで浮舟巻は終わっている。

この物語の最終部の手習・夢浮橋の両巻では、浮舟は宇治川に身を投げようと夜中に屋敷を出たが果たせず、通りかかった横河僧都に助けられて、比叡山西麓の小野にあった僧都の妹の尼の庵に身を寄せることになった。そこで浮舟はわが身の半生を省みて、自分のような薄倖の身が心静かに暮らす生活を得るのは、薫や匂宮などの男に頼ることでは無理であり、尼になる他はないと考えて、僧都に懇請して剃髪してもらった。苦の多い世俗に生きることに疲れ、薫との生活の重苦しさを知り、匂宮との官能的な関係をもはかないものと考えるようになった浮舟は、ようやく法《のり》の師の僧都のもとでの厳しい修行生活に心のやすらぎをおぼえている。剃髪後の浮舟は、匂宮を思い出すこともあるけれども、こんな風にわが身を損うことになったのは「宮を少しもあはれと思ひきこえけん心」のためだと考え、宮への愛執を否定しようとし、穏かな人柄の薫をなつかしんでいるが、それは出家の身として、性愛のような官能的なものにひかれてはならぬとする自制の心からであろう。いまだ若い女の身の浮舟には、この先にさらに多くの苦難が待ちうけているにちがいないが、浮舟はけなげにも尼の道を歩み始めたのである。残された薫の方は、宇治川に身を投げたと思っていた浮舟が、実は尼になって横河僧都の弟子として、比叡山麓の小野の庵室に身を置いていることを知り、都へ連れ戻そうと迎えに行くが、もはや浮舟は逢おうとはしなかった、というところでこの長い物語は終わっている。

この物語の主人公の光源氏や薫などの男たちは、若くから俗世を棄てて心静かに出家生活をしたいと、事あるごとに口にしている。ところがそうした出離願望とはうらはらに、源氏は現世では考えられる限りの栄華を手に入れることになるし、薫もまた貴族社会での高位高官への道を進み続けて、ますます俗塵にまみれた生活へと入り込んでいる。これら学問教養もあり思慮深いはずの男たちが、いつまでも現世への執着を断ち切れずにいる一方で、身寄りもなく身分の卑しい平凡な若い娘が、危うく弱々しげな姿ながらも、けなげに尼の道を歩もうとしているのである。最初は男女の恋を描くことから出発したこの物語は、恋物語のレベルをつきぬけて、「人はいかに生きるべきか」を書こうとする作品にまでなったのである。

三　柏木と女三宮の密通事件

源氏と女三宮と柏木

源氏物語に描かれている多くの男女の密通関係のうちで、人妻と密通した男や、相手の女の夫が妻の密通をどう考え、どう対応したか、という問題について詳しく書かれているのは柏木と光源氏の妻女三宮の密通の場合である。柏木と女三宮という男女については、この物語の描き出した新しい人物として、重要な問題をいろいろ提起しているところがあるが、いま問題にしたいのは、この密通に関わっての柏木や女三宮や源氏の心理である。

源氏物語は、当時の文学作品として多くの面で画期的な性格をもっているが、その一つは、最初に取り上げた物語の主題を書き進めてゆく過程で、新しく考えたり見えてきたさまざまな問題を、そのあとの物語において改めて人物や事件を異なった設定にしてとりあげ、より深く追求しているところである。第一部の光源氏と藤壺という複雑な関係にあった男女の密通の問題は、次の第二部の物語においては、今度は源氏の若い妻女三宮が柏木という若者に近づかれてその子を産み、それを源氏が知って悩む、という設定になって繰り返し取り上げられている。前述したように第一部の源氏と藤壺の二人は、近代人のわれわれの立場からすれば当然予想するはずの、自分の父であり夫である桐壺帝に対する「心やましさ」とか、「良心の呵責」といった感情を、まったくおぼえていないかのように描かれていた。しかし、この第二部の柏木と女三宮の密通事件においては、柏木は自分の通じた女三宮の夫源氏に対してさまざまに深刻に思い悩むことになる。その柏木の源氏に対する屈折した心理や、妻の密通を知ったときの源氏の態度、妻の産んだ子を黙って自分の子として育てる源氏の複雑な苦渋を描くことが、第二部の中心の物語になっている。

生来病弱であった源氏の異母兄朱雀院は、長くない余生を仏道修行に専心するために出家しようと決意した。そして、早く母を亡くして後に残すことの気がかりな寵愛の娘女三宮を、源氏の妻として保護してくれるようにと頼んで、西山の寺に入った。四十歳になった源氏には、長年連れ添い愛情も深かった妻紫上がいたが、朱雀院のたっての頼みをことわりきれず、またこの女三宮が亡き藤壺の姪という血縁者であったことにも心を引かれて、いまだ十三四歳ばかりの幼い女三宮を妻として受け容れた。朱雀院が女三宮を託すべき聟を探していたところ、多くの男たちが名乗りを上げた中で、殊に強く女宮を望んでいたのが柏木であった。柏木は、亡き源氏の北方葵上の兄の長男で、源氏に対立する藤原氏本流の嫡男であったが、いまだ若くて官位の低いこともあり、院号をうけた源氏の圧倒的な社会的地位や声望には遠く及ばないとして、朱雀院は認めなかったのである。柏木は、源氏の次の世代の貴族社会を荷う人物として、世間からも属望されていた若者であったが、当時の人々にとっては現状が何よりも重要であり、将来の可能性といったことは、この世の無常を強く意識していた人々は、われわれほどに価値を認めなかったのである。

こうして女三宮は降嫁して源氏の本邸六条院で暮らすことになった。当時は結婚すると男は妻の家に通うのが普通であったが、内親王の場合には、皇居や仙洞御所に聟が通うのは憚られるので、皇女の方が夫の屋敷に移り住むことになっていたのである。紫上はそれまで世間からも源氏の北方と認められていたのに、宮が降嫁してきたことで第二位の妻としての立場に置かれることになり、その屈辱に堪えねばならなくなった。ところが、源氏は女三宮と同居することになり、宮の様子を身近に知るとともに、宮はいまだ幼いこともあってその人柄も幼稚であり、源氏の期待していたような女性ではなかったことを知って、そのあつかいもやや粗略になっていった。かねてから強く宮を求めていた柏木は、宮が源氏の妻になったので落胆していたが、その後も宮を求める心は変わらず、もし源氏が出家するようなことにでもなればそのときには、と諦めずに機会をうかがっていた。そして、宮が源氏から大切にされていないのを知り、宮の女房を語らって近づく隙をうかがっていたが、ついに宮の寝所に忍び込むことになったのである。

密通直後の柏木と女三宮

柏木は、幼くより「何事をも、人にいま一際《ひときは》まさらむと、公私のことにふれて、なのめならず思ひ昇」ってきた若者であり、自分の妻にするのも最高貴の身分の内親王でなければならぬと決めていたので、朱雀院寵愛の女三宮を強く望んでいたのである。ところが、宮は源氏の妻になったので気落ちしていたが、それでもなおあきらめずに、執拗に近づく機会をうかがっていた。柏木は、自分の乳母の妹が女三宮の乳母になっていて、その乳母の娘の小侍従も同じく宮に仕えていて、幼いころからよく知っていたので、小侍従に頼み込んで手引きさせ、源氏が、重病のため二条院に移って療養していた紫上を見舞いに行っていた夜、ついに宮に近づいたのである。柏木は、宮とのあわただしい一夜が明けて屋敷に帰ったとき、夢のような逢瀬をふり返って次のように思ったという。

さても、いみじき過《あやま》ちしつる身かな、世にあらむことこそまばゆくなりぬれ、と（柏木ハ）怖ろしくそら恥づかしき心地して、歩《あり》きなどもし給はず。女（三宮）の御ためはさらにもいはず、わが心地にも、いとあるまじきことといふ中にもむくつけくおぼゆれば、思ひのままにもえまぎれ歩《あり》かず。帝の御妻《みめ》をもとり過《あやま》ちて、事の聞こえあらむにかばかりおぼえむことゆゑは、身のいたづらにならむ苦しくもおぼゆまじ。しかいちじるき罪には当たらずとも、この院（源氏）に目を側《そば》められ奉らむことは、いと恐ろしく恥づかしくおぼゆ。……これ（女三宮）は深き心おはせねど、ひたおもむきに物怖ぢし給へる御心に、ただ今しも人の見聞きつけたらむやうに、まばゆく恥づかしくおぼさるれば、明き所にだにえゐざり出で給はず。（若菜下巻）

柏木は女三宮との密通直後、まず「いみじき過ちしつる身かな、世にあらむことこそまばゆくなりぬれ」と思ったという。この「過ち」の語は、注釈書類のいうように、源氏の妻に通ずるという道徳違反をなしたことをいうのではなく、前述したように（p.63）、その違反行為が世間に知られて、自己の社会的立場を損なうような結果になることが「あやまち」なのである。「あやまち」は、社会倫理に違反したことではなく、あくまでもわが身を損なうこと、自己の立場をわるくする言動をなしたことをいう。(21) 古代の人々は、自己を中心にして物事を考えていて、社会や他人の目から自己を見て、対象化して客観的に判断するような思考を、いまだ十分には身につけてはいなかった。

柏木は宮との密通以来、「世にあらむこと（世間に交わり生きてゆくこと）」が「まばゆく」思われ、「そら恥づかしき心地」して、家の外へも出なかったという。ここの「まばゆし」は、自己が卑小なもの、世間の人に比べて劣った存在のような気がして、その卑小なわが身を白日の下にさらすのが恥ずかしく思われ、萎縮する心である。柏木が世間を「まばゆく」おぼえるようになったのは、自分のなした密通について、なにがしか心やましく思うところがあったからである。「そら恥づかし」については後述するが、その自身の心やましいところまでもが、世間にあらわに見えてしまうような気がしたからである。ここの柏木は、密通した自己に内発的に一種の「後ろめたさ」をおぼえている。

実は、柏木だけではなく女三宮もまた密通以後は「まばゆく恥づかしくおぼさるれば」と、まるで密通を人に見られていたかのようにおびえて、明るい所に出ることもせず自己を恥じていたという。当時の「恥づかし」の語は、相手に対して何らかの劣等感をもつ身が、相手と顔を合わせることで劣等感を明確に意識することをいう。宮もまた密通のことに一種の「後ろめたさ」をおぼえていて、自分の侍女たちにも姿を見られたくないと思っているのである。ただしここの宮も、密通を「人の見聞きつけたらむやうに」とあって、密通のこと自体に悩むよりは、それが他人に知られることを怖れている。つまり、ここの柏木と宮の二人は、いまだ密通の発覚していない前から、既に後ろめたさの感覚にさいなまれて、他人の視線におびえている。これは、第一部で源氏や藤壺が桐壺帝に何らの「負い目」や「後ろめたさ」をおぼえずに、世間にも密通のことを隠し通したのと比べると、大きな違いである。古代人的なたくましい「生活者」であった源氏や藤壺は、当事者の帝に対して少なくとも表面的には平然としていたように見えたが、ここの柏木と女三宮は、相手の源氏に対してだけではなく、世間や自分の侍女たちにすら顔を合わせるのを怖れるほどにおびえている。

ところが、柏木はこれほどに密通のことが源氏に知られるのを怖れ、この密通が宮の立場を危うくするだけではなく、自分にとっても「いとあるまじきこと」だと考えていながらも、密通自体については実はさほどの「悪」だとは思っていなかった。柏木は、帝の妻に通じてそれが「発覚した」場合であっても、こんなにも苦しい思いをするほどなら、死ぬことになってもつらくはないだろう、いまの自分はそれほどの罪には当たらないが、この事により源氏から冷たい目で見られるのがとても怖ろしく、源氏から愚か者と思われるのが恥ずかしい、と思っているのである。つまり、女三宮との密通は、帝の妻と通じた場合ほどの重大な罪ではないと考えている。ここでも、帝の妻との密通が罪になるのは、「事の聞こえあらむ」場合のことなのである。柏木が大きく怖れているのは、源氏に「わるいことをした」からではなく、自分が源氏から見下げられ疎まれることであり、密通のことにより、自分が源氏から「目を側《そば》められ」、遠ざけられることであって、要するに源氏との関係で自己の存在が損なわれることなのである。

源氏、妻と柏木の密通を知る

密通のことがあって後しばらくして、源氏が女三宮のもとを訪れたとき(22)、宮のうっかり隠し忘れていた柏木の手紙を見つけてしまう。字体からしても明らかに柏木の筆跡であるし、その内容からも二人の密通はまぎれもない。柏木の手紙を読んだとき、源氏はまず次のように思ったという。

あないはけな（何ト心幼イコトヨ）、かかる物を散らし給ひて、我ならぬ人も見つけたらましかば、とおぼすも、心劣りして（思慮ノ無イ人ダト思ッテ）、さればよ（コンナコトダカラ）、いとむげに心にくきところなき御有様を、後ろめたしとは見るかし（コノ宮ヲ心配ナ人ダト思ッテイタノダヨ）、とおぼす。（若菜下巻）

柏木の手紙を読んだ源氏は、妻の密通のことを知って怒るよりも先に、こんな手紙を散らしておいて自分以外の人に見られたら、どうなると思っているのだ、とまず妻の不注意さに腹を立てている。かねてから源氏は、女三宮の幼稚で思慮の足りない人柄を危うく思っていたのである。しかし、源氏はその手紙を懐に入れたままでその場は黙って立ち去り、改めて人のいないところで手紙を繰り返して読んだ。

年を経て思ひわたりけることの、たまさかに本意かなひて、心やすからぬ筋を（偶然ニ逢瀬ヲモッタガ、ソノ後ノ落チ着カナイ気持ヲ）書き尽くしたる言葉いと見どころありてあはれなれど、いとかくさやかには（コンナニモアラワニ）書くべしや、あたら人の（アノ思慮深イ男ガ）、文をこそ思ひやりなく書きけれ、落ち散ることもこそと思ひしかば、昔かやうに細かなるべきをりふしにも（自分ガ女ニ心ノウチヲ詳シク書キタイト思ウトキモ）、言《こと》そぎ（言葉少ク）つつこそ書き紛ら

はししか、人の深き用意は難きわざなりけり、とかの人の心をさへ見落とし給ひつ。（若菜下巻）

ここでも源氏は、二人の密通に怒るよりも、何という思慮の足りない愚かな者たちだと、柏木の手紙の書き方を非難している。人妻などへの手紙は万一のことを考え、他人が読んでも何のことか判らないように書くべきなのだ。その手紙を読んだ源氏は、「かの人の心をさへ見落とし」たというが、柏木が密通を源氏に知られるのを「いと恐ろしく恥づかしく」思っていたのは、まさに自分が源氏からそんな風に軽蔑されることだったのである。

それにしても、柏木の手紙を見て妻の密通を知った源氏が、腹を立てるよりも先に、何という思慮のない書き方だと思ったというのは奇妙に思われるが、それは源氏が事を知ったときから、この問題は自分一人の胸に収めて隠密に処理する他ない、と考えていたからである。源氏とても、自分の妻の密通を知って腹の立たないはずはなかったと思われるが、源氏はその後にも、柏木に特に何らかの報復をしようなどとはまったく考えていない。それは前述してきたように、当時は密通が重大な倫理的「悪」だとは考えられていなかったからでもあるが、また具体的に柏木に報復するすべもないのである。密通を知った源氏がまず宮にいったのは、あなたは日ごろ私のことを、あなたへの愛情も薄い老人だと軽蔑なさっているようだが、世間の噂になって父の院の心配されるようなことをなさるな、と遠回しに咎めただけであった。宮や源氏自身にとっても恥になるようなことを、表沙汰にすることはできず、隠し通す他ないのである。

源氏は柏木にも腹を立てていたが、それはまず第一に、柏木ともあろう男が何という困った愚かなことをしてくれたのだ、という困惑からであった。柏木は、密通のあと心痛の余りに体調を損ねて、源氏の六条院に参上することもせずにいたが、源氏の方は、柏木に何も言わずにそのままにしておくのでは腹立ちも治まらないし、それまで常に出入りしていた柏木が姿を見せないのを、世間の人も何事があったのかと不審に思うだろうと気にして、舞楽の催しにことづけて柏木を呼び寄せた。源氏はその宴会の席で、病に衰弱した柏木に無理強いして酒盃を重ねさせ、ついで次のように声をかけた。

主《あるじ》の院「過ぐる齢《よはひ》にそへては、酔泣《ゑひな》きこそとどめ難きわざなりけれ。衛門督（柏木）、心とどめてほほゑまるる、いと心恥づかしや。さりとも、いましばしならむ。さかさまに行《ゆ》かぬ年月《としつき》よ。老《おい》はえのがれぬわざなり」とて、（柏木ノ方ヲ）うち見やり給ふに、（若菜下巻）

源氏の言葉は、齢を重ねるとともに、すぐに酔泣きしてしまうものだ、衛門督が私の酔泣き姿に目をとめて笑っているが、ほんとに恥ずかしいことよ。だが笑っていられるのも、いましばらくのことだろう。逆さまには進まない年月だ、老いてゆくことは誰も逃れられないものなのだ、というのである。源氏が妻の密通相手の柏木に直接いうことのできたのは、せいぜいこの程度の皮肉なのである。傍らに人の多い宴席だったので、あらわな言い方のできなかったこともあるが、これはもともと直接に相手をなじるような問題ではなかった。実は源氏はこの宴席の直前にも柏木と二人だけで会っていた。長らく源氏邸に顔を見せなかった柏木が、その言い訳やあいさつのために、源氏に面会したのであったが、その二人だけの場でも、源氏は非常に隠微な言い方で遠回しに柏木を責め、柏木もまた密通などなかったとそれとなく巧みに弁明して、その場はきりあげることができた。

ここの源氏の言葉は、柏木をなじるというよりもむしろ、源氏自身の愚痴というべきものになっている。柏木よ、そなたは、老い衰えて酔泣きしているこの姿を笑いながらじっと見つめて、自分は若く私の妻も手に入れたと思っているのだろうが、そんな風に笑っていられるのもしばらくのことなのだ、というこの言葉は、むしろ源氏の方が深く傷ついていることを示している。源氏は妻の密通を知った最初から、この密通は、宮が老いた自分に飽き足りず若い柏木の誘いにのり、二人が心を合わせてのことだ、と誤解していた。男女が同心しての密通であれば、それはいわば二人の自由意志によるものであるから、夫といえどもそれを非難する根拠はない。せいぜいそれを理由に離別することぐらいであるが、源氏には宮と離婚するつもりはなかった。異母兄朱雀院の依頼で宮の保護を引き受けたこともあるが、源氏自身もこの若い妻には心残りもあった。また、密通のことが世間に知れては、宮のみならず源氏にとっても大きな恥になる。最初から源氏は、この問題は自分一人の心におさめて処理する他ない、と決めていたのである。ただし、そうは考えていても、自分の心をこんなにもわずらわせた柏木を黙認するのは口惜しくて、つい一言口にした皮肉が却って自分の老醜をさらすことになってしまった。源氏も深く傷ついたのである。

柏木の方は、宮との密通により源氏との関係を損なってしまったことの心痛と、病身をおして出かけた舞楽の宴での源氏の皮肉がこたえて、酒席を中座して帰ったまま寝込んでしまい、ついに起き上がることができなかった。柏木は、源氏の妻との密通自体については、さほどの「悪」とは考えていなかったけれども、相手は貴族社会の長老であり、柏木も幼くより目標にし尊敬していた源氏からにらまれ疎外されては、もはや世の中に交わることもできないと思い込んだのである。柏木はいよいよ病み衰えて、もはや恢復できぬ身だと覚悟したとき、源氏に対しても次のように思ったという。

せめて長らへば、おのづからあるまじき名をも立ち、我も人（女三宮）も安からぬ乱れ（困ッタ事態）出で来るやうもあらむよりは、なめし（無礼ナヤツダ）と心おい給ふらん辺り（源氏）にも、さりともおぼし許いてむかし、よろづの事、いまはのとぢ目には皆消えぬべきわざなり、また異ざまの過ちしなければ、年ごろの物の折節ごとには、まつはし馴らひ給ひにし方のあはれも出で来なん、（柏木巻）

このまま生き長らえていて、自然とあってはならぬ密通の噂も立ち、自分にも宮にもひどい状況が起こるそんな事態になるよりは、死んだ方がましだ、けしからぬ奴と怒っておいでの源氏も、そうはいってもお許しになるだろう、この世のでき事は、死に際には一切が消えてしまうはずのものなのだ、密通の事以外の過ちはないのだから、源氏もこれまで何かの折には自分を近くに召し寄せて、親しくしてくださっていたことによる情愛も思い起こしてもらえるだろう、というのである。ここでも柏木は、自分が亡くなれば源氏の怒りも解け、さらには自分を「あはれ」とも思ってくれるにちがいない、とまで考えている。柏木の甘えもあろうが、それまで誰よりも親密にしてくれた源氏であったから、やはり源氏の妻との密通のことは、許されないほどの事ではないと考えている。

なお、柏木の「この世でなしたあらゆるでき事は、死とともにすべて消滅する」という思想は、これほどに明記されたものを他に知らないが、やはり柏木に限らず、一般に生のはかなさを強く実感していた当時の人々の考えていたことなのであろう。

四　柏木の「良心」の萌芽

「空についた目」を意識する

柏木は女三宮との密通直後から、自分は「過ち」をなしてしまったと自省するとともに、漠然とした「後ろめたさ」の感覚にさいなまれていた。そのあと宮の女房の小侍従から、柏木の手紙を源氏が見つけて、密通の事が発覚した、と知らせてきたときには、次のように思ったという。

いつのほどにさること出で来けむ、Aかかることは、あり経《ふ》れば、おのづから気色にても漏り出づるやうもや、と思ひしだにいとつつましく、空に目つきたるやうにおぼえしを、ましてさばかり違《たが》ふべくもあらざりしことどもを（源氏ガ）見給《し》ひてけむ、恥づかしく、かたじけなく、かたはらいたきに、朝夕《あさゆふ》涼みもなきころなれど、身も凍むる心地して、いはむ方なくおぼゆ。年ごろ、まめ事にもあだ事にも（自分ヲ）召しまつはし、参り馴れつるものを、人よりはこまやかにおぼしとどめたる御気色のあはれになつかしきを、あさましくおほけなきものに心置かれ奉りては、いかでかは目をも見合はせ奉らむ、さりとて、かき絶え（源氏ノモトへ）ほのめき参らざらむも人目あやしく、かの御心にもおぼし合はせむことのいみじさ、などやすからず思ふに、心地もいと悩ましくて、内裏《うち》へも参らず。Bさして重き罪には当たるべきならねど、身のいたづらになりぬる心地すれば、さればよと、かつはわが心もいとつらくおぼゆ。（若菜下巻）

柏木はまずAのように、あの手紙がどんなときに源氏に見つかるようなことになったのか、密通のことは、そのうちに自分の態度などから自然と気づかれることになるのでは、と思っただけでもほんとに身も縮む思いで、空に目がついていて見られているような気がしていたのに、ましてあんなに疑いようもない明白な手紙を源氏が見たというのでは、源氏に対して分別のないことをした自分が恥ずかしく恐縮で、居たたまれない思いになり、朝夕冷えるという時期でもないのに、体も凍《こお》るような寒々とした感覚を覚えたという。

ここでも柏木は、自分のなした密通という行為自体を、源氏に「わるいことをした」と悩むのではなく、まず源氏に知られてしまったことを恥じている。源氏に手紙を読まれなくても、やがて時間のたつうちに、自分のふとした言動などから源氏に知られることになるのでは、と発覚を怖れていた。密通直後のまだ誰にも知られていないときから、人は知らずとも「そら（空）」についた目から、自分が絶えず見つめられている気がして、内心の秘密がふと態度などに出てしまい、空に見咎められるやも知れぬとおびえていた、というのである。ここの柏木は、自分をじっと見つめている「空の目」を感じている。他人の目を意識するという程度を超えて、より高次な「空」の目から自己が見られているという、自己を対象化する視点をもっている。

ただし、この「空の目」も、柏木の身体の奥にある心までを見透すものではなかったけれども、源氏や藤壺は密通を他人に知られていないというだけで、「後ろめたさ」をおぼえたりしなかったのと比べると、明らかに一歩柏木の自省する心は深まっている。「空の目」を感じている柏木は、密通についてなにがしかの「後ろめたさ」をおぼえるようになっていると認められる。もっとも、その「後ろめたさ」も、いまだ源氏に対して「わるいことをした」という意識とまではいえないものではあっても、ここの柏木は明らかに自己の行為に後ろめたさをおぼえていることで、第一部の源氏よりも深い内面性をもつようになった人物ということができる。

柏木の感じていたこの「空に目つきたるやうにおぼえ」たという感覚については、中世の注釈書『河海抄』は次のように述べている。

天眼の事歟。いかに隠密する事も、四知とて、天・地・人・我の四はしる事也。其中にも、天の照覧は第一也。（河海抄・巻十三）

つまり、柏木の「空に目つきたるやうにおぼえ」た感覚は、前述の仏語「天眼」（p.61）によったものかとしながらも、やはり中国思想の「四知」によって説明している。これは四知の概念のうちの「天知」を、柏木がより具体的感覚的に感知している様子をいったものだ、とするのである。

漢語の「四知」は、どんなに人に隠した行為であっても、天・地・相手・自分の四者は知っているのであるから、隠し通すことはできないものなのだ、中でも天はすべてを知っている、とする『後漢《ごかん》書《じょ》（楊震伝）』にもとづく故事である。この四知の概念は既に日本書紀にも見えていて（p.27）、早くから人々に知られていた。ただし、平安時代の人々にはより啓蒙的な『蒙求《もうぎゅう》』の「震、四知ヲ畏《おそ》ル」によって知られていたであろう。

この若菜下巻の一節でいま一つ注意すべきは傍線Bの部分である。前述したように、柏木は源氏の妻との密通について、帝の妻と通ずるほどの重罪ではないと思っていたが、ここでもまた重ねて「さして重き罪には当たるべきならねど」と考えている。古代社会において天皇の妻と通ずることは、一般人の妻の場合とは違って、皇位の神聖さを侵犯し冒瀆する大罪であるが、源氏は天皇とは違って臣下の身分であり、その妻に通じたことはさほどの罪ではない、というのである。もはやこの物語の時代になると、帝位の神聖という観念もかなり薄れてきていたけれども、それでも天皇の妻や伊勢神宮に仕える斎宮に近づいた場合には、やはり処罰の対象になっていたのである。一般の貴族の妻との密通は、当事者間にさまざまな問題をもたらすことはあるにしても、社会的法的に何らかの処罰を受けるという問題ではなかった。密通がその男女の自由意志によるものである限り、夫といえどもその男女を処罰する根拠はなく、それを理由に離別することぐらいはできても、特にそれ以上どうもできないのである。当時の貴族社会は、人妻の密通という場合だけではなく、男女関係一般についてもすこぶる許容的な社会であった。

ここの柏木も、源氏の妻と通じたこと自体を、源氏に対し「わるいことをした」と考えたがために、源氏と顔を合わせるのを怖れたわけではなかった。柏木は、源氏に密通が発覚したのを知ったとき、「恥づかしく、かたじけなく、かたはらいた」く思い、心身の凍りつくような感覚をおぼえたという。源氏から、何という思慮分別のないことをする男なのだ、と軽蔑されるのが「恥づかしく」であり、それまでずっと敬愛してきた源氏に対して、この密通により源氏を怒らせ、その心を煩わせる結果になったことが「かたじけなく」であり、こんな自己を損なうようなことをなした自分は、周りの人々からはどんなに愚か者に見えることだろう、と思うのが「かたはらいたく」なのである。柏木は源氏に対して「わるいことをした」という意識は特にもたなかったが、自分のなした行為については恥じている。それまでのように源氏の屋敷に行くことができず、源氏に会うのを怖れているのは、源氏に「わるいことをした」からではなくて、いままで自分を認めてくれ、何事に際しても召しまつわしてくれていた源氏から、密通のことにより軽蔑され遠ざけられるであろうと思ったからである。柏木にとっての源氏は、尊敬する貴族社会の長老として、幼くよりめざしていた目標であった。その源氏から見棄てられ、源氏の支配する貴族世界から疎外されては、もはや柏木の身を置く世界はない。柏木が「身も凍むる心地」がするほどの衝撃と、怖れの感覚をおぼえたのはそのためなのである。

柏木は、源氏の次の世代の貴族社会を担う人物として、世間からも「時の有職《いうそく》（有識者）」と認められ、源氏もまた誰よりも目をかけていた若者であった。十分に常識もあるはずのそんな男が、源氏の妻に通じるような無思慮な行動に出たことには、やや理解しにくいところがあるかもしれない。しかし、当時の人々は、この柏木にかぎらず一般に人間というものには、時として狂気にかられたように不条理な行動に突き進むことがあり、特に男というものには女との関係において、身をも滅ぼすような思いがけない情熱に取り付かれることがあるのだ、と考えていたのである。


男の好きといふものは、あやしきものに侍りければ、おほけなき心（身ノ程知ラズニ高貴ナ女ヲ求メタリスルコト）の侍りて、身をも滅ぼして侍るにこそあれ。（宇津保物語・国譲下）

男の好きといふものは、昔よりかしこき人なく、この道には乱るるためしども侍りけり。（夜の寝覚・二）

つまり、男たちの「好き」という女を求める心には、どんなに賢人といわれている人であっても、理性では制御できない激しい力の働くことがあるのだ、と昔の人々は知っていたし、またそれを許容するところがあったのである。

源氏の藤壺との密通と、柏木の女三宮との密通には、源氏の場合にはついに他人に知られることがなく、柏木は宮の夫の源氏に発覚してしまったという大きな違いはあるが、この柏木の密通直後からの萎縮した姿は、「自分は源氏にわるいことをした」という、「良心の呵責」というのとはかなり違って、もっぱら源氏との関係を損ない自分の将来をなくした、という自己中心的な思考にもとづくことは前述のごとくである。しかしながら、この「空」に目がついていて自分が隈無く見られているかのようにおびえ、源氏に恥じて顔を合わせることもできないと恐縮しているあり方には、源氏の密通の場合に比べると、微かながらも「良心の呵責」への萌芽のようなものが認められるのではなかろうか。

「心の鬼」は「良心の呵責」をいう語か

十世紀の中頃から見え始める語に「心のおに（鬼）」というのがある。平安時代の文献に見える「心の鬼」の語の用例はさほど多くはないが、その中にあって源氏物語には一五例ととび抜けて多い。この語について現行の注釈書類や辞書などでは、その多くの用例について、「良心の呵責」をいうものだと説明されている。いま「良心」なるものをごく簡略に、その人の内心にもつ善悪の基準にもとづいて、「善」と考えるものを行おうと心がけ、「悪」となすものを避けようと努める心とでもするならば、当時の人々にそうした「良心」の概念が存在していたか、ということがまず問われなければならない。ところがこれまでの通説では、当時の人々にも当然に「良心」があったものと前提して、その「良心」に反する行動をなしてしまったときにおぼえる心の「痛み」や「後ろめたさ」を、「おに（鬼）」と喩えていったのだ、と考えていたのである。

しかしながら、当時の人々の心にも、「良心」と呼び得る観念が明確に存在していたと証明することは困難であり、「心の鬼」なる語の用例にも、そうした「心の痛み」を「おに」に喩えたものだと認められるような用例は、確認しにくいのである。[23]

1　この女、いかなることをかいひたりけん、「心の鬼に」と

このおきなのいひたりければ

わがためにうとき心のつくからにまづは心の鬼も見えけり

（一条摂政〈藤原伊尹〉集）

2　うち寝たるほどに、門《かど》いちはやく（気ゼワシク）たたく。胸うちつぶれてさめたれば、思ひのほかに、さなりけり（夫兼家ガ来ノダッタ）。心の鬼は、もしここ近きところに（コノ近所ノ女ノモトニ行ッタノニ）障りありて帰されてにやあらん、と思ふに、人（兼家）はさりげなけれど、うち解けずこそ思ひ明かしけれ。

（蜻蛉日記・下）

3　上（一条帝）の御前などにても、役《やく》とあづかりて（私ガムヤミニ藤原斉信ノコトヲ）ほめ聞こゆるに、いかでか（ドウシテ深イ仲ニナレヨウカ）、ただおぼせかし（判ッテクダサイ。ソウナレバ）。かたはらいたく心の鬼出できて、言ひにくく（ホメルノガシニクク）なり侍りなん。

（枕草子・「故殿の御ために」の段）

4　（藤壺ノ産ンダ子ノ顔ガ源氏ノ顔ト）いとあさましうめづらかなるまで写しとり給へるさま、違ふべくもあらず。宮（藤壺）の御心の鬼にいと苦しく、人の見奉るも、あやしかりつるほどの誤

りを、まさに人の思ひ咎めじや、さらぬはかなきことをだに疵《きず》を求むる世に（他人ノ欠点ヲ探シ求メル世間ダカラ）、いかなる名のつひに漏り出づべきにか、とおぼし続くるに、

（源氏物語・紅葉賀）

5　（女三宮ノモトへ行ッタ源氏ヲ思ッテ、寝所ニモ入ラズ起キテイタ紫上ハ）あまり久しき宵居も例ならず、人や咎めむ、と心の鬼におぼして（寝所ニ）入り給ひぬれば、御衾《ふすま》まゐりぬれど、げに傍らさびしき夜な夜な経にけるも、なほただならぬ心地すれど、

（源氏物語・若菜上）

6　宮は（女三宮ハ柏木トノ密通ノ後）、御心の鬼に、（源氏ニ）見え奉らんも恥づかしうつつましくおぼすに、（源氏ノ）物など聞こえ給ふ御答へも聞こえ給はねば、

（源氏物語・若菜下）

まず1は十世紀中頃の例で、この語の用例としてもっとも古いものである。この場面は女が男に、浮気をしているのではないか、などとなじったのに対して男が、「それは心の鬼だ（日ゴロ私ノ心ヲ疑ッテイルカラデ、マッタクノ妄想ダ）」といったのに対する女の返歌である。あなたの態度に私を疎む心がはっきりしてきたので、何かあるとすぐにわるい想像をしてしまうのです、というものである。ここの「心の鬼」は、自分に疑いの気持があるから怖れるようなことを妄想する、というのである。

2は、長らく足の途絶えていた夫が夜中にやってきて門を叩いたとき、このところ夫が他の女に夢中になっていて寄りつかないのだ、と疑っていた作者は、夫は近所のその女の家に行ったのだが、女に都合の悪いことがあって追い返されたために、仕方なくこちらへたち寄ったのではないか、とあれ

これ想像してしまい、夫の方はそんなそぶりは見せなかったが、私は夫には近づく気にもなれず悩み明かした、というものである。

この1・2の例はいずれも、「心の鬼」を見ている側には、何ら引け目や後ろめたいところはないのだから、少しも「良心の呵責」をおぼえる理由がない。相手を疑う気持があったので、あらぬわるい想像をした、というのである。

3は、清少納言が、かねてからすばらしい男と思っていた斉信から、もっと親しい仲にならないかね、と冗談をいわれたときの返事である。私は、帝の御前でもひたすらあなた様のことを褒めてばかりいますのに、考えてみてください、そんな仲になりましたら、周りの人々のありもしない思わくが気になって、褒めることがしにくくなりましょう、といったものである。この場合にも、清少納言の側には「良心の呵責」をおぼえるような理由は存在しない。斉信と深い仲になったら、傍らの女房たちから、清少納言は自分の恋人だからあんなに斉信を褒めるのだと思われるのではないか、と余計な心配をしたりして、褒めにくくなりますからやめておきます、と言い返したのである。

4は、藤壺の産んだ子の顔があまりにも源氏とよく似ているので、藤壺は、こんなにも瓜二つでは見る人が不審に思うのではないか、人々から源氏との密通のことまで想像されて、どんな噂を立てられることになるやら、と心を傷めている場面である。この例は、藤壺には源氏との密通という「後ろめたさ」があるから、「御心の鬼」は「良心の呵責」に悩んでいることをいう、とも解せそうな文脈である。だが前述したように、藤壺や源氏は密通を必ずしも「わるいこと」とまでは考えていないのであり、したがってこれも「良心の呵責」とまではしにくいのである。やはりこの場合も、藤壺は密通のことまでが噂になるのではと、いまだ誰からも疑われていないのに、わるい想像をして必要以上に怖れていることをいったものであり、やはり「良心の呵責」とはしにくいのである。

5は、夫の源氏が女三宮のもとで宮と夜を過ごしているさまを思いやって、紫上は寝所にも入らずに物思いにふけっている。自分がいつまでも眠らずにいると、侍女たちから、やはり紫上は心を傷め悲しんでいるのだと思われるのを気にして、寝所に入ったものの眠られない、という場面である。この場合の紫上にも「良心の呵責」をおぼえるような理由はまったくなく、この「心の鬼」も、侍女たちの思わくまでを過剰に気にして、必要以上に気を使っている紫上の心をいったものである。

6は、思いがけず柏木に近づかれた女三宮が、いまだ源氏に知られないうちから、発覚したのではないかとおびえ、源氏と顔を合わせることもできずに萎縮しているさまである。ここの宮は、密通という「後ろめたさ」をかかえているから、「良心の呵責」におびえているのだとする通説も、一往は認められそうに思われる。しかし、この女三宮という人は、この物語に繰り返し書かれているように、あまりにも幼稚で無垢な人柄であり、夫に対して密通という「わるいことをした」と考えたりするような理性的な分別はなく、いわば本能的に源氏に知られると困る事態になると感じて、ひたすらおびえ怖れているだけなのである。この人には「良心の呵責」を云々することはできず、この例もまた「良心の呵責」をいったものとはできない。

要するに、これらの例からしても、源氏物語のころの人々の用いた「心の鬼」なる語には、「良心の呵責」といった倫理的な性格の意味は認められないのである。いまだ人々に「良心」という観念の成立していないところには、「良心の呵責」ということもまたあり得ないであろう。

疑心、闇鬼ヲ生ズ

早く『河海抄』はこの「心のおに」の語について、「わがあやまちの事を人やしるらんとおそろしくおぼゆるを思心也、鬼とはおそろしき心也（巻五・葵）」と説明している。これは、自分に「あやまちの事」のある場合といっているところからすれば、やや「良心の呵責」に近く考えているらしく思われる。この時期になってくると仏教や儒教が人々の心に深く内面化されてきて、「良心」と呼び得るような倫理意識をもつようになってくるので、こうした解釈が行われたのであろう。ただし、前述したごとくこの物語の用例中で、強いて「わがあやまちの事」とか、後述の「身にあやまちのあるもの」にあたる場合とできそうに思われるものは、藤壺や女三宮に関わって用いられた4や6のような例が少数あるだけで、当人には何ら「あやまち」のない場合が普通なのである。『河海抄』も、自己の過失を他人が知っているのではないかと、「おそろしくおぼゆる（心）」とはいっているが、「わるいことをしたと思う心」とまではいっていない。

次いで近世になると、本居宣長はこれらの「心の鬼」なる語について、次のように述べている。

物語ぶみなどに、身にあやまちのあるものの、人はさることしらねども、おのが心からおそる、を、心の鬼《オニ》といへり、からぶみ列子《ノ》注に、疑心生《ス》闇鬼《ヲ》、といへることあり、こゝろばへよく似たること也、

（玉勝間・三）

宣長も「身にあやまちのあるもの」という言い方をしているのは、『河海抄』などの説を承けているからであろう。宣長のいう「列子ノ注」とは、『列子』説符第八の末尾の一節について、『列子《れっし》鬳齋《けんさい》口義《くぎ》』（宋・林希逸撰）の注に「「諺曰、疑心生暗鬼」とあるものをいうらしい。漢和辞書類にも「諺謂、疑心生暗鬼（夷堅乙志）」など宋代の文献の用例があげられている。これによれば中国の諺であったとされる漢語の「疑心生暗鬼」も、やはり「良心の呵責」とはなしにくいものである。わが国の近世の辞書『書言字考』には、「心鬼《ココロノヲニ》〈源氏ニ見ユ、今按ズルニ、『正法念経』ニ、閻羅《えんら》ノ獄卒ハ実ノ有情ニ非ズ、衆生ノ妄業ノ力ヲ以テスルガ故ニ之ヲ見ルト云々〉」と仏典をひいて説明し、地獄の閻魔王の獄卒も実在するものではなく、衆生の心の「妄業」の働きにより見えるものなのだ、といっている。仏典にも同様の概念があり、広く諺にもなっていたとすれば、漢籍にもさらに古い用例がありそうに思われるが、宋代以前の例としては次のものぐらいしか探せない。

妄計因成執、迷縄為是蛇、心疑生闇鬼、眼病見空花

（梁朝傅大士頌金剛経・応化非真分第三十二・頌遍計）

この「心、疑ヘバ闇鬼ヲ生ジ、眼、病メバ空花ヲ見ル」は、「疑いの心をもっているとありもしない鬼が見え、眼を病むと実在しない花を見る」というもので、これも諺らしく思われる。ここの「心疑生闇鬼」もまた、「良心の呵責」とは明らかに異なる文脈のものである。これは偽経かともいわれるものであるが、傅大士《ふだいし》は六世紀前半の南朝梁の人であり、わが国でも早くから一切経蔵（輪蔵）の創始者としても知られていたから、この経典も平安時代の人々の目にもふれていたであろう。(24)

要するに、漢籍や仏典の「疑心生暗（闇）鬼」は、心中に疑心があるときには実在しない鬼の姿を幻視したりするものだ、というのであり、いわゆる「幽霊の正体見たり枯れ尾花」をいったものなのである。源氏物語の用例をもふくめて平安時代の「心の鬼」の語はすべて、何かを怖れたり疑心をもつ身には実在しない鬼が見えたりするものだ、という「疑心暗鬼」の意味に統一的に解することができる。その「疑心」をもつ人の中には「身にあやまちのあるもの」の場合もあり、たまたまそんな人について記した文脈では、「良心の呵責」とも解し得るというのに過ぎないのである。繰り返すことになるが、そもそも「良心の呵責」説の前提となる「良心」という観念は、この物語の時代ごろまでに明確に成立していたとは考えにくいのである。源氏物語に「心の鬼」の語が多用されているのは、この物語が人々の心理を深く描こうとしていることと関係しているのであろう。

五　本居宣長の「物のあはれ」の論

「物のあはれを知る」ということ

本居宣長は、女三宮を強く恋い求める柏木という男について、「かの女三宮の事によりて、病つきてはかなく成ぬる衛門督（柏木）の事よ、あるが中にも哀なる物也（紫文要領・上）」といい、この男女は「此物語の中あまたの恋の中にも、ことに哀ふかし（紫文要領・下）」などと、繰り返し柏木の恋の「あはれ」深いさまを述べている。柏木が源氏の正室女三宮を求め続け、ついに思いあまって宮に近づき、やがてその恋により身を滅ぼしてしまうという、それほどに激しく宮を恋い求める柏木の心に、宣長は深く「あはれ」を感じて、心をうたれたというのである。

宣長には、和歌や物語などの文学作品は、人間生活におけるさまざまな「物のあはれ」なるさまを描いて、人々に「物のあはれ」を知らせることをめざしたものだ、とする立場から源氏物語を論じた、有名な「物のあはれ」論のあることはよく知られている。

宣長は、文学作品は現実社会とは異なる虚構の世界を作りだしたものであり、その虚構の世界の中で「物のあはれ」を追求しようとしたものであるから、現実社会の倫理道徳には違反し、大きく対立するような内容を書くことも多くあり、この柏木という人物も、一般の人々の道徳観からすれば、とても褒められるような人ではないとして、次のように述べている。

此の衛門督も、尋常の議論にていはば、人の室家を奸して、子を産ましむる不義大なれば、何ほどよき事外に有り共、称する（ホメル）にたらぬ事なるを、返りてそれ故に死たる心を哀み、世の人におしまれ、源氏君さへ深くおしみあはれみ給ふこと、他にことなるさまにかける事、物の哀をさきとして、婬事をばすててか、はらぬ事をしるべし、又それをあはれむ源氏君は、尋常の了簡にていはば、大なる痴物《しれもの》といふべし、然《しか》るにをのが恨み怒りをばさしをきて、物の哀をさきとし給ふこと、これもかれもよしとする事、尋常のよきといふとはさす所かはれり、

（紫文要領・上）

つまり、柏木は源氏の妻に通じて子を成した「不義」の人であるのに、この物語では柏木の亡くなったときには世間の人々すべてがその死を悼み、さらに柏木を憎んでいるはずの源氏までもが、柏木の死を心から哀悼したと記されている。自分の妻に通じた男の死を惜しむ源氏は、「尋常の了簡にていはば、大なる痴物」というべきなのである。柏木に限らず、この物語の主人公光源氏もまた、世俗の人々の倫理感覚からすれば、「無類の極悪」というべき淫乱の人である。それなのにこの物語は源氏や柏木を「よき人」として書いている。一体これはどういうことなのか。

此の源氏君の本末《もとすゑ》を考ふるに、淫乱なることあげていひがたし、空蟬・朧月夜・薄雲女院（藤壺）などの事は何といふべきぞ、別してはかの女院との事など、儒仏の教、尋常の了簡にていはば、

無類の極悪、とかく論ずるにも及ばぬほどの事也、然るにその人をしもよき人のためしにいへることはいかにぞや、（物語ト現実社会トデハ）よしあしのさす所かはれるとは、この事也、さりとて（源氏物語ハ源氏ヤ柏木ノ）その淫乱をよしといふにはあらず、物の哀をしるをよしとして、其中には淫乱にもせよ何にもせよまじれらんは、すててかゝはらぬ事也、物の哀をいみじういはんとては、かならず淫事は其中におほくまじるべきことはり也、色欲はことに情の深くかゝる故也、好色の事にあらざれば、いたりて深き物の哀はあらはししめしがたき故に、ことに好色の事をおほくかける也、
（紫文要領・上）

要するにそれは、この物語が「物の哀」のさまを書くことを第一にしているからであり、それこそが現実世界と物語世界の異質であるところなのだ。この物語の立場もまた、源氏や柏木などの不倫不義の行為を「よし」とするわけでは決してないが、人間にはまず何よりも「物の哀を知る」ということが重要なのだ、とする立場に立って、深く「物の哀」を知る人々のあり方を追求することをめざしているために、源氏や柏木の反道徳的な「淫乱」の行為については、「すててかゝはらぬ（無視シテ論評シナイ）」という態度をとっているのである。多く淫乱のふるまいを描いているのも、人間のさまざまな感情のうちでもっとも深く哀切なものは、男女の「色欲」に関わって発動する感情であり、それ故に「物の哀」の深切なあり方を描こうとすれば、どうしても「色欲」「好色」のことを主に書くことになるのだ、というのである。そして、物語（文学作品）は世俗的な道徳倫理には関わらないも

のだ、とした宣長のこの見解こそは、源氏物語批評史の上で画期的なものであった。

近世の宣長のころまでの一般社会は、儒学や仏教の圧倒的な影響下にあり、源氏物語についても、男女の不義密通を描いた反道徳的な書として非難され、否定的評価にさらされていた。それに対して宣長は、源氏物語などの物語（文学作品）は、「物の哀をかきしるして、よむ人に物の哀をしらするといふ物也（紫文要領・上）」とする芸術論的な立場から、世俗の儒仏の教えにもとづいた勧善懲悪思想による源氏物語否定論を否定し、それから解放しようとしたのである。物語は現実社会とは異なった虚構・観念の世界を描いたものであり、それ自体で自立した別世界であって、そこでは世俗の倫理道徳をそのままには適用できないのだ、と主張して、文学作品を現実社会の価値基準や倫理道徳から独立させようとした宣長のこの文学理論は、西欧においても十九世紀に入ってようやく同種の文学批評が現れるのを考えると、すこぶる先駆的で独創的な理論であった。

それでは、宣長のいう「物の哀を知る」とは何か。実は、宣長のいう「物の哀」の概念は必ずしも明確ではなく、宣長自身の説明にも曖昧なところがある。まず宣長は、

世中にありとしある事のさま〲を、目に見るにつけ耳にきくにつけ、身にふるゝにつけて、其のよろづの事を心にあぢはへて、そのよろづの事の心をわが心にわきまへ知る、是事《これ》の心を知る也、物の心を知る也、物の哀を知る也、（紫文要領・上）

といっている。つまり「物の哀を知る」とは、人間がこの世に生きてゆくうちに見たり聞いたりする

すべての物事を鋭敏に感知し、深く認識し十分に理解することなのだ、というのである。この『紫文要領』と同時期に書かれた、宣長の和歌原論ともいうべき書の『石上私淑言《いそのかみのささめごと》』にも次のようにいっている。まず「歌は物のあはれをしるよりいでくる」ものであるが、それは具体的にいえば、

　すべて世中にありとある事にふれて、其《その》おもむき心ばへをわきまへ知りて、うれしかるべき事はうれしく、おかしかるべき事はおかしく、かなしかるべき事はかなしく、こひしかるべきことはこひしく、それ〳〵に、情《こころ》の感《ウゴ》くが物のあはれを知るなり、それを何とも思はず、情の感《ウゴ》かぬが物のあはれをしらぬ也、

（石上私淑言・巻二）

ということであり、要するに、鋭敏繊細な感受性をもって物事に深く感動できることが、宣長のいう「物のあはれを知る」ことなのである。人の「情の感く」対象には善悪正邪の区別なく、善・正にも悪・邪にも同じように「情の感く」ものである。ところが、世俗に行われている儒教仏教では、人は悪や邪に心をうごかしてはならぬと教えているが、それはうわべだけをとりつくろい飾ろうとするものであり、真実の人情を理解しない教えである。

　大方、人のまことの情《こころ》といふ物は、女・童のごとく未練に愚かなる物也、男らしくきつとして賢きは、実《まこと》の情にはあらず、それはうはべをつくろひ飾りたる物也、実の心のそこをさぐりてみれば、いかほど賢き人もみな女・童にかはる事なし、

（紫文要領・下）

人間の本質には、未練たらしく愚かなところをも多く持つところがあり、どんなに賢人とされてい

る人であっても、その心の奥は凡夫と同じく未練たらしくめめしく愚かなものなのだ、とするのが宣長の人間観であった。宣長が外来思想の儒教仏教をはげしく非難したのは、この人間観からするもので、儒仏はそうした人間の本質的にもつ弱さや愚かさを許容しようとはせず、もっぱらその弱さ愚かさを矯正することに努めるべきだとして、「飾りつくろひて賢げにするところは、情を飾れるものにて、本然《ほんぜん》の情にはあらず」というのである。このヒューマニズムの立場こそが、宣長の「物のあはれ」説を支える基本であった。

現実社会と物語世界の倫理

実は、宣長のこうした人間観や、人は「物のあはれを知る」ことが重要だと考える立場は、必ずしも宣長によって初めてとなえられたものではなく、それ以前の時代から人々の心に徐々に芽生えてきていたのであり、それらが蓄積されて宣長の時代になって明確に自覚され始めてきたものであった、と考えられている。(25) それは、契沖《けいちゅう》法師から賀茂真淵を通じて、宣長に受け継がれてきた国学のはぐくんできた思想であった。さらに宣長の攻撃した儒教の側にも、当時の正統的な朱子学に対して、荻生《おぎゅう》徂徠《そらい》らの古文辞学派を中心に、宣長が若いころに師事した朱子学派に連なる堀景山などにも、堅苦しい人間観に立つ当時の朱子学に物足りなさをおぼえ、『詩経』などの詩歌にうかがわれるおおらかな古代の人々の姿にこそ人間の本性がよく示されているとして、朱子学の厳格な人間観から出て、人間というものをより柔軟に幅広く考えようとする人々が出てきていた。宣長の「物のあはれ」説は、そうした風潮の中から生まれてきたもので、宣長のまったくの独創というわけではなかったのである。しかしながら、宣長はそれを文学理論の基本にすえて源氏物語を論じ、文学作品は現実社会とは異なる別次元の世界であり、そこには現実社会の倫理道徳を安易に適用すべきでないことを主張して、人妻に通ずるような「極悪、淫乱の人」というべき光源氏や柏木こそが、深く「物のあはれを知る」「よき人」なのだと擁護したところに、画期的な新しさがあった。当時の一般の人々の倫理感覚からすれば、この宣長の主張は、まさに衝撃的でラジカルな源氏物語論、文学論だったのである。

しかしながら、宣長のいうように、源氏物語は意識的に「物の哀をさきとして、淫事をばすてゝか、はらぬ」立場をとって書かれているのであろうか。一般の人々の倫理感覚からすれば源氏は淫乱の男ではあるけれども、その点についてはわざと触れずに判断を中止し、もっぱら「物のあはれ」のもっとも深く発動するさまを知らせるために、人妻との密通を描いたのであろうか。この物語の作者は、実社会の倫理道徳と物語世界のそれとを意識的に区別して書いているのであろうか。実はこの問題についての宣長の論証はいまだ不十分なのである。宣長は、物語世界に実社会の倫理を適用する儒仏的な立場の当時の源氏物語批評からは解放したが、それはいうまでもなく文学論、物語論としてのことであり、宣長自身が儒仏の影響の強い一般社会の倫理道徳観から抜け出していたわけではなかった。宣長自身の倫理からしても、源氏は「無類の極悪」とすべき男であり、物語の時代の人々においてもそれは同様に考えられていたはずだ、とする前提に立っている。

だが、この点については、源氏物語などの「作り物語（フィクション）」に限らず、当時の実社会の有様を書いたとされている、栄花物語や大鏡などに書かれているところからしても、平安時代の貴族社会はさまざまな反道徳的に見える男女関係についてもすこぶる許容的であり、人妻との密通などについても、さほど大きな倫理的「悪」とは考えていなかったらしいのである。(26) 例えば源氏物語の書かれた一条朝においても、東宮妃藤原綏子と源頼定との密通事件は有名であったが、綏子は頼定の子を妊娠してそれが世間に発覚したにもかかわらず、この男女は特に社会的法的な処罰を受けたということはなかった。また、この綏子の母で摂政藤原兼家の妻であった藤原国章女《むすめ》の「近江」は、夫の長男道隆との間にも子を儲けていた。花山院は、自分の乳母子の中務との間に第六皇子清仁を儲け、ほぼ同時期に、さらにその中務の娘の平平子との間にも第五皇子昭登を儲けていた。昭登親王にとっての中務は、祖母であるとともに継母でもある、という複雑な関係になる（権記・寛弘八年九月十日）。その他にも、花山院は母方の叔母の藤原伊尹九女をしばらく妻にしていたが、後にはその九女を異母弟の為尊親王と結婚させたりしていて、数多くの乱脈な女性関係で知られた人であった。この花山院の場合は上皇という身分の人でもあり、やや例外的と考えられるにせよ、当時の貴族社会はほぼそれを容認していたのである。他にもこうした「淫乱」の例は数多くあげることができる。源氏物語の時代の貴族社会は、近世の儒仏の倫理の強く支配した社会に比べると、男女関係についてはすこぶるおおらかな社会であり、光源氏もさほどに「淫乱」の人と非難されたとは考えにくい。当時の人々も源氏の色好みのあり方には、多少は眉をひそめるぐらいのことはあったにせよ、宣長のいうほどに「無類の極悪」の男とまでは考えなかったのではあるまいか。

古代の人々は一般に、人間のなす「悪」についても後世の人々よりもはるかに許容的であった。平安時代には、国家に対する謀叛罪を犯したとされる人々も、凶悪な殺人犯なども死刑に処せられることの無かった時代であった。人妻との密通といった事柄は、そうした犯罪とは性格が異なり、その多くは私的な領域に属する男女当人たちの問題であって、発覚すると世間の噂の種になる程度のものであった。宣長のいうように、源氏物語は、主人公光源氏が倫理的には「極悪」の人であることを知りながらも、あえてその側面には目をつぶって、もっぱら「物のあはれを知る」「よき人」として書いたのだ、とする論理はやはり成り立ちにくいように思われる。当時の実社会の人々にとって、光源氏という男も、藤壺や朧月夜との密通といった多少の人間的な非行や、普通の人と同じくさまざまな愚かさをもつところはあるにせよ、やはり誰よりも深く「物のあはれを知る」人であり、「よき人」であると考えられていたとすべきなのである。宣長ほどの人であっても、やはりその身を置いていた時代の儒仏的な道徳倫理からは抜け出せなかった、ということであろう。

ただし、だからといって文学理論としての宣長の「物のあはれ」説の非常な独創性や、その源氏物語論に認められる時代に先駆けたヒューマニズムの主張のもっていた画期的な意味が薄れるわけではない。宣長自身もまた、自分の厳しく批判した儒仏の教からはすっかり自由にはなり得ていなかったが、少なくとも儒仏思想の圧倒的な影響下にあった当時の勧善懲悪説による源氏物語論を、近代的な文学理論へと大きく解放したのである。

第四章　自然と人間

一　白砂青松の光景

貴族住宅の白砂の庭

平安貴族たちは十世紀ごろから、後世に「寝殿造」と呼ばれる独自な住宅様式を完成させていった。その典型的なものは、一町《ひとまち》（約一二〇メートル平方）の敷地の中央部に主殿となる東西棟の寝殿を建て、その東西には南北棟の対屋《たいのや》を配し、寝殿の南には広い庭を設けて、東西の対屋から南へ延びた廊で囲い、その東西の各廊の中間に中門《ちゅうもん》を設けて、寝殿前庭への出入り口とする、というものであった。この様式の住宅は、古くは「是レ播磨守基隆朝臣作ル所也。如法《にょほう》ノ一町家《や》、左右ノ対・中門等相備フル也（中右記・天仁元年〈一一〇八〉七月二十六日）」、「民部卿（藤原宗通）ノ新ク造ル六角東洞院ノ一町屋也。東西ノ対・東西ノ中門、如法ノ一町之作也（中右記・元永二年〈一一一九〉三月二十一日）」などと見えて、「如法ノ一町家」とか「如法ノ家（中右記・大治五年〈一一三〇〉十一月八日、富家語・一七七）」と呼ばれていた。寝殿の前庭には広く一面に白砂を敷きつめて、その庭の南には池を掘って中島を築き、池の岸辺などにも小石や白砂を敷きめぐらせ、さらに池の南には松などのやや高い樹木を植えるというのが普通であった。また前庭の東寄りには南北に遣水《やりみず》を流したりした（p.165、図参照）。

ただし、当時の貴族住宅の庭の具体的なあり方は必ずしも十分には明らかでなく、前記の記述は年中行事絵巻などに描かれているところから推定したものである。源氏物語には、晩年の光源氏の住んだ六条院の庭についてのかなり詳しい記述があるが、それがどの程度に当時の住宅の庭の実態を反映したものであるか、ということになると実は不明である。わずかに院政初期の橘俊綱（一〇二八〜九四）の著かとされる『作庭記《さくていき》』には、(27)主として当時の庭園の立石法についての詳しい記述がある程度なのである。いまそれによれば、池や遣水もなく石を立てただけの、「枯山水《かれさんすい》」と呼ばれる庭も当時既にあったらしい。十一世紀初め以来長く里内裏《さとだいり》として天皇の住んだ一条院も、寝殿の前庭には池や遣水はなくて、一面に白砂を敷きつめてその周りに廊をめぐらせただけのものであったと考えられる。(28)しかし、『作庭記』の記すところからすれば、やはり当時の住宅の前庭は、池や遣水などを主体にして、水辺の風景を模したものであった。寝殿の前に広く白砂を敷きつめた庭と池を中心にして構成されていたのである。

寝殿の前庭の広さは、その屋敷の敷地の大小などによっても違うが、寝殿南面中央の階段から池までは、普通にはほぼ二〇メートルばかりであったらしい。

階隠《はしかくし》の外の柱より池の汀《みぎは》にいたるまで、六、七丈、若内裏儀式《もし》ならば、八、九丈にもおよぶべし。拝礼の事用意あるべきゆゑ也。但し一町《ひとまち》の家の南面に池を掘らんに、庭を八、九丈おかば、池の心いくばくならざらん歟。（作庭記）

一般に一町家では、寝殿南面の階から池までは「六、七丈（約二〇メートル）」程度であるが、里内裏にも用いる予定の屋敷では、庭上で臣下が拝礼できるように、「八、九丈（約二五メートル）」ぐらいは必要と考えられていた。ただし、一町の屋敷でも八、九丈も庭にとると、その南の池の広さがやや足りなくなるのではないか、というのである。当時においても一町の家は少数の最高級貴族のものに限られていたから、(29)一般の屋敷の庭はそれよりも狭いものだったのである。

いまの京都御所の紫宸殿の前庭や清涼殿の東庭などには、白い小石や砂が一面に敷き詰められているが、天皇の御所に限らず高貴の人の御座所の前庭には、白砂を厚く敷いた庭を設けることが古くからのきまりであった。白砂を敷いた庭は当時の人々にとって特別の意味を持っていたのである。その寝殿前庭の白砂は絶えず補充され、雑草などが生え出さないように常に手入れされていた。

1　清涼殿の南のつまに御川水《みかはみづ》流れ出でたり。その前栽に松浦沙《まつらのすな》あり。延喜九年九月十三日に賀せしめたまふ。題に、月にのりてささら水をもてあそぶ。詩歌（漢詩ト和歌）、心にまかす。

ももしきの大宮ながら八十島《やそしま》を見る心地する秋の夜の月（凡河内躬恒集・一〇）

2　前栽植ゑて、砂子《すなご》ひけるに、家人にもあらぬ人の奉らんとて、砂子おこせたるに、あきかたの少将なりけり

荒磯海《ありそうみ》の浜にはあらぬ庭にても数知らずこそうれしかりけれ　（歌仙家集本伊勢集・一二四）

3　敷沙事南殿ハ南階左右相分敷之

暫ク廂《ひさし》ノ御簾ヲ垂ル。敷キ了リテ之ヲ上グ。御前（清涼殿の東面）ノ庭中以南、右衛門府之ヲ敷ク、以北、左衛門府之ヲ敷ク　然ル可キ事有ル毎ニ、彼ニ仰セテ之ヲ敷カシム。格子ヲ上グル以前ニ之ヲ敷ク。殿上ノ前、同ジク之ヲ鋪《し》ク。　（侍中群要・一〇）

4　女一人住む所は、いたくあばれて（荒廃シテ）、築土《ついひぢ》なども全《また》からず、池などある所も水草《みくさ》ゐ、庭なども、蓬《よもぎ》に繁りなどこそせねども、所々砂子の中より青き草うち見え、さびしげなるこそあはれなれ。　（枕草子・「女一人住む所は」の段）

まず1の「松浦沙」は、遠く肥前国松浦の海岸からわざわざ運ばれてきたものであったと考えられる。「松浦」の地のことは、源氏物語にも「君にもし心違《たが》はば松浦《まつら》なる鏡の神をかけて誓はむ（玉鬘巻）」と見えて、古くから松浦佐用姫《まつらさよひめ》の伝承でも知られた白砂青松の海浜であった。この「鏡の神」は、松浦郡鏡（唐津市）にある神功皇后を祭神とする鏡宮で、古くから皇室とも関係が深く、都の貴族たちにもよく知られていたのである。源氏物語の時代にも、太宰大弐であった藤原有国が「松浦海夫《まつらのあま》」の採ったという「九穴蚫《あはび》」を藤原道長に献上したこともあった（権記・長保元年〈九九九〉十月二十六日）。遥か遠く松浦から取り寄せられた白砂が、清涼殿の南の前栽の中を流れる御川水に敷かれて、松浦の海浜を模した庭が造られていたのである。この十三夜の月見の宴のことは他の文献には見えないが、これは十三夜の月を賞でた初例とされている。昼間のまばゆいばかりの陽ざしをうけた白砂の庭だけではなく、ほの暗い月の光に照らされてきらきらと耀く白砂の庭を見るというのは、後述のように平安貴族たちにとって殊に心に染みる風景であった。

2は、歌人伊勢の家で新しく庭を造り前栽を植えたときのことであろう。歌からすれば、やはりこの庭にも遣水が流れていて、そこに敷く砂をもらったときの歌らしい。

この1・2の例からしても、白砂を一面に敷いた庭は、海浜の風景を移したものであったことがよく知られる。庭の白砂は、池や中島の松などとともに、貴人の御座所の前に白砂青松の海浜の光景を演出するために必要だったのである。白砂は清浄で聖なる空間をもたらすことに重要な役目をはたすものであり、人々はその白砂の広がる光景の中に大海に臨む海浜を幻視していたのである。

3の『侍中群要《じちゆうぐんよう》』は、十世紀ごろの蔵人所の管轄する職務を記した書物である。天皇の御所の前庭などには、毎日内裏の格子を上げる時間の辰の刻（午前七時）以前に、御簾をたらしておいて白砂を敷き直すことに定められていた。

4は、夫に死なれた後家の住むさびれた家の様子であろう。屋敷をめぐる築地塀《ついじべい》もあちらこちらと崩れ、庭の池には水草が生い茂り、白砂を敷いた庭にも青草が伸びて、いかにもうらぶれた感じがする、というのである。当時の築地塀は、土を築き上げてその上に板を並べただけのものであったから、大雨が降ると土が流されてよく崩れたり倒れたりした。一家の主が亡くなったとか、通っていた男が来なくなった独り住みの女の屋敷では、手入れしていた家人たちも去ってゆくと、すぐに荒廃した様子を見せることになったのである。

このようにして当時の貴族たちの屋敷には、広々と白砂を敷き詰め松などの前栽を植えた庭園は、欠くことのできない風物であった。それは単に日ごろ住んでいる屋敷だけではなく、屋敷の傍らの道を通る祭の行列などの見物のために設けて、一時的に使用するだけの桟敷《さじき》などにあっても、必ず白砂を敷き松を植えた前庭を設けることになっていた。

A　一条の大路に、檜皮《ひはだ》の桟敷いといかめしうて、お前にみな砂子を敷かせて、前栽植ゑさせ、久しう住み給ふべきやうにしつらひ給ふ。　（落窪物語・二）

B　例ニ依リ（関白の）御賀茂詣有リ。大殿（藤原師実）幷ニ関白殿（藤原師通）参詣セシメ給フ。……斎院（令子内親王）、本院ニ於テ御桟敷ヲ儲ケ、御見物ノ事有リ。……御桟敷ノ前ニ白沙ヲ敷キ翠松ヲ立ツ。風流古今ニ冠絶ス。　（中右記・嘉保元年〈一〇九四〉四月十四日）

まずAの一条大路の桟敷は、大臣家の人々が賀茂祭の行列などを見るためだけに設けられた桟敷であった。Bは、関白の賀茂詣での帰りの行列を、斎院が見物するために、大宮大路の末の船岡山の東麓にあった、斎院御所の紫野院の門前に設けられた桟敷である。

このようにして、白砂を敷き青松を植えた庭は、貴族たちの住宅に欠かせないものであったが、殊に天皇の場合には内裏の日常の御所だけではなくて、郊外に行幸したときなどに一時休憩するだけの御座所などにあっても、白砂を敷き青松を植えた庭が必ず設けられることになっていた。

C　春日（神社）行幸ノ行事為ルニ依リ、南京ニ下向スル也。……波々曾乃毛利《ははそのもり》（柞杜）ノ南ノ駄《だか》餉所《ふところ》ヲ見ル。松ノ枝ヲ切リ立ツルコト、其ノ数少キノ上、又、未ダ掃治《さうぢ》ニ及バズ。仍《よ》リテ弁侍《べんさぶらひ》ヲシテ緑松ヲ立テシメ白沙ヲ敷ク可キノ由、国（山城）ノ行事ノ者ニ仰セ了ンヌ。

（中右記・承徳元年三月二十七日）

D　（石清水宮行幸）申《さる》ノ時許リニ桂川ノ西ノ駄餉所ニ於テ暫ク祇候ス。右衛門督〈検非違使別当〉・源中納言・下官、相共ニ暫ク御輿ヲ待チ奉ル。白砂ヲ敷キ青松ヲ立テテ御輿所ト為ス。

（中右記・康和五年十一月五日）

E　東大寺ヲ発《た》チ玉崎《たまさき》御所ニ着ク。……此ノ御所ハ檜皮ヲ以テ葺キ、翠キ簾ヲ以テ懸ケ、格子ハ是レ黒ク染ム。庭前ニ又白沙アリ、或ハ紅葉ヲ作ラレ、或ハ黄菊ヲ種《う》ヱラル也。

（長秋記・大治二年十一月一日）

Cは、承徳元年（一〇九七）三月二十八日の堀河天皇の春日社行幸に備えて、その前日に行幸の道筋の準備の様子を確認に行ったときの記事である。柞杜《ははそのもり》（相楽郡精華町祝園神社）の南に設けられた駄餉所では、天皇の御座所の前庭には松の枝を切って立て並べておくことになっていたのに、その松の数が少ないので、「十分に緑松を立て並べて白砂を敷いておくように指示した」というのである。「駄餉所」は食事などのための臨時の休憩所で、古くから南都への行幸のときには、この柞杜付近に駄餉所を置くことが例になっていた。この時期に平安京から南都へ下る普通の道は、宇治を経て南下し井手の南の「綺田河原《かはた》」へ出て、そこで木津川を左岸の祝園《ほうぞの》へ渡る「宇治路」であった。祝園からは、古くからの道を南下して奈良坂を越え、法華寺に出たのである。しかし、行幸や春日祭の使者の下向などの重要行事のときは、まず京から淀に出て淀川木津川を渡り、木津川左岸を南下して奈良坂から法華寺に至る古式の「淀路」を用いることになっていた。(30)

Dは、康和五年(一一〇三)の石清水宮行幸のときのことで、石清水へは都の七条大路末から西行して桂川を渡り淀に出てから、淀川を渡ったのである。この「駄餉所」はどんなものであったのか不明であるが、御輿を安置する程度の簡略な臨時の仮屋であろう。そんな所でも、天皇の休憩所には「白砂・青松」の前庭が設けられることになっていたのである。

Eは、白河法皇と鳥羽上皇の高野山御幸のときの記事で、紀川のほとりの「玉崎御所」での様子である。これは檜皮葺の建物であったというから、臨時の仮屋などではなく、貴人などの宿泊用に設けられていた御所であろう。御座所の前庭には白砂と紅葉・黄菊があったというが、これは季節に合わせた工夫で、当然に松も植えられていたであろう。

こうして、古く貴人たちの御座所には、必ず白砂青松の海浜の風景を模した前庭が設けられることになっていたのである。(31)白砂を敷くことは、その場を清浄にするためだけではなく、その白砂を敷いて浄めた空間には、神や天皇などの貴人を迎えるためのものだったのである。近代になっても歳末の行事として、神社の前庭に新しく白砂を敷き直すことが行われている地方が多くあったが、やはりそれは新年に神を迎えるためのものであったと考えられる。(32) 年中行事絵巻の正月毬杖《ぎっちょう》の絵には、町屋の出入口の両側に松を立てた風景が見えるが、この門松も同様の意味をもつものであろう。

大嘗会の名所絵屏風

奈良時代の貴族邸宅などの庭園が泉水をもち、広々とした池を掘って中島を築き、池の渚には一面に白い小石が敷き詰められていたことは、多くの発掘された遺跡などからも知られている。古くからわが国の庭園には、広い池水の風景やその岸辺に敷きめぐらせた白い小石は欠かせない景物だったのである。それらの庭園が白砂青松の海浜を象徴するものであったことは明らかであろう。ひろびろと広がる白砂青松の海浜の風景こそは、古来わが民族の心を深く和ませる原風景だったのである。後世の日本三景とされる代表的勝地はいずれも、美しい白砂青松の海浜であった。

平安時代には、天皇が交替したときに新帝の行うべき即位儀礼の一つとして、その年の十一月には大嘗祭《だいじょうさい》が行われることになっていた。この祭は、新帝がその年の秋の稔りを祖神に供え、自らも神と共食して談笑することで神格を得て、国の統治者としての天皇の資格を得るという最重要儀礼であった。そして十世紀の後半ごろから、この大嘗祭の行われる主要な場の大嘗宮には、「大嘗会屏風」と呼ばれる諸国の名所の風景を描いた大和絵屏風が飾られることになっていた。(33) 大嘗会の祭式の場の設営などは、「悠紀《ゆき》」と呼ばれる都以東の諸国から選ばれた国と、「主基《すき》」と呼ばれる都以西の諸国から選ばれた国が担当した。この悠紀・主基二国の国司は、その国のめでたい名を持つ土地や名所の風景を描いた屏風を献上したり、祭当日には国人たちを率いて祭場で「風俗歌（その土地の民謡）」を唄ったりすることを掌っていた。ただし、その屏風の実際の製作は、悠紀・主基の両国内の諸名所や美名をもつ地を選んだ、「古地美名注文《こちびめいちゆうもん》」が都の大嘗会の行事所に提出され、その地名の一覧表は、宮廷の絵所の絵師や時の歌詠みたちに下されて（小右記・寛弘八年九月十一日）、その中から大嘗会にふさわしい祝意をもつ地名をえらんで、その風景が絵に描かれ、時の歌詠みがその地名を詠み込んだ歌を作り、その歌は屏風の画面の色紙形に書き込まれることになっていたのである。それらの大嘗会屏風に書かれた名所和歌は、『大嘗会悠紀主基和歌』として十世紀後半以後のものがいまも残されている。天禄元年（九七〇）十一月二十日に行われた円融天皇の大嘗祭での悠紀方は近江国、主基方は丹波国であったが、いま悠紀方の近江国の名所屏風和歌を詠んだ大中臣能宣の歌を少し例にあげると、次のようなものであった。

大蔵山

みつぎ積む大蔵山はときはにて色も変はらぬよろづ代ぞ経ん

石倉山《いはくら》

今日よりは石倉山によろづ代を動きなくのみ積まんとぞ思ふ

松が崎
鶴《つる》の棲む松が崎にはならべたる千代のためしを見するなりけり
泉川
泉川のどけき淵《ふち》の影見れば今年ぞかげに澄みはじめける

新帝の御代を祝う場を飾る屏風に描く名所であるから、諸国からの豊かな貢ぎ物を収納する大きく堅固な倉庫を暗示する名をもつ大蔵山（甲賀郡）、石倉山（蒲生郡）などが取り上げられるのは当然として、長寿の鶴の棲む湖辺の松が崎（蒲生郡、長命寺西麓）や、清らかに澄んだ泉や川の穏やかな流れもまた、新帝の御代の安泰の象徴的風景としての意味をもつものであった。少し時代が下がるが、元暦元年（一一八四）の大嘗会において、悠紀方の近江国から提出された「古地交名注文《こちこうめいちゆうもん》」では、「志賀山」「大松原〈志賀郡〉」に始まって、以下八〇ヶ所の地名が候補としてあげられている。そのうちには「千鳥浦〈神崎郡〉」「松江〈浅井郡〉」「万木泉《ゆるき》、玉井〈栗太郡〉」「衣川〈志賀郡〉」など、泉川や浦や浜などの水辺の風景を示す地名が二八ヶ所ばかりも見えている（山槐記・元暦元年九月十五日）。のどかな水辺に立ち並ぶ松やその枝にとまる鶴などの風景こそは、人々の心に深くやすらぎをもたらすものであり、安穏の世をことほぐべき大嘗会屏風に描くにふさわしい光景だったのである。

天皇の即位の重要な儀礼の場において、こうした悠紀・主基両国の古地美名の地の風景を描いた屏風が飾られたことの意味は、新帝が自己の統治すべき諸国の代表としての悠紀・主基両国の安泰に治まっている様子や、領知すべきそのうるわしい国土のさまを見ること、つまり上古の天皇の国見にあたるものであったと考えられる。古代の人々にとって、「見る」ことはその見たものを支配し領有することでもあったのである。

諸国名所絵屏風の風景

貴族たちの初期の寝殿造様式の住宅では、屋内の間仕切りなども、必要なときときに屏風や几帳を立てる程度の簡略なものであったらしい。それが十世紀後半ごろになると、屏風から発達したと考えられる襖障子などが用いられるようになってくる。それらの障屏具には、四季の山水の風景や人々の生活を描いた大和絵とともに、その絵の風物を詠んだ和歌が画面に書き込まれていた。古くは漢詩文などが書かれていたのだが、和歌が盛行する時代になって和歌の書かれることが多くなり、描かれる絵も中国的な唐絵《からえ》から、より物やわらかな大和絵と呼ばれる様式のものになっていった。

宴会などの儀式の場にめぐらす屏風や、貴族たちが住宅内の晴の場として用いた寝殿に立てる屏風・襖障子の絵には、月次絵《つきなみえ》や諸国の名所の風景が描かれることが多かった。「月次絵屏風」は、一年一二ヶ月の各月に行われる代表的な年中行事を選んで、正月は「若菜摘み」、二月は初午《はつうま》の「稲荷詣で」などの風景を、一二の画面に描いたものである。当時の屏風は六曲一双《ろっきょくいっそう》、つまり六扇《せん》を綴じつないだ屏風二帖一組が基本であったから、二帖の一二の画面に各月の行事を当てて描いたのである。「名所絵屏風」は、諸国の「名所《などころ》」として知られた代表的な風景を描いた屏風である。「名所」は、和歌などによく詠まれる有名な地ということで、後には「歌枕」とも呼ばれるものである。それらの名所絵屏風に描かれた風景もまた、多くは海浜・川辺など水辺の景物であった。

いま十世紀中ごろ、村上天皇の仰せで計画された、母后藤原穏子の七十歳の賀宴の場を飾るための屏風では、高砂・須磨・難波の浦・長柄《ながら》の橋・淀の渡り・渚《なぎさ》の岡・井手の玉川・伏見の里・佐保山・春日野・飛鳥川・石上《いそのかみ》・吉野山・み熊野の浜・守山《もるやま》・田子浦・こゆるきの磯・筑波山・勿来《なこそ》の関・安積《あさか》の沼・越《こし》の白山など、二〇を超える諸国の名所が描かれていて、中務、源信明、壬生忠見、藤原清正ら、時の代表的な歌人たちに歌を詠ませた大規模な名所絵屏風であった[34]。そして、この屏風の絵に描かれていた名所も、その大部分は海浜や水辺の風景で知られた土地だったのである。

　天暦の御時、名ある所を御屏風にかかせ給ひて、人々に歌奉らせ給ひけるに、
　　高砂を　　　　　　　　　　　　　　　　忠見
尾上《おのへ》なる松のこずゑはうちなびき波の声にぞ風も吹きける　（拾遺集・四五三）

　天暦の御時、御屏風の絵に、長柄の橋柱《はしばしら》のわづかに残れる形ありけるを
　　　　　　　　　　　　　　　　　　　　藤原清正
葦間《あしま》より見ゆる長柄の橋柱昔のあとのしるべなりけり　（拾遺集・四六八）

　天暦八年、中宮の七十の賀の御屏風の料《れう》の和歌、渚《なぎさ》の岡

わたつみの渚の岡の花薄《はなすすき》招きぞよする沖つ白波

（歌仙家集本信明集・一二六）

「高砂」はその名のとおり、高く積んだ砂が山をなしているものの意であるが、古くからよく知られた「かくしつつ世をや尽くさむ高砂の尾上に立てる松ならなくに（古今集・九〇八）」の歌以来、播磨国加古川の河口の砂浜や、そこの砂山の尾根に生えた「松」を景物とする名高い歌枕であった。また後述するように、その高砂の海浜の風景を模した「洲浜《すはま》」、中世以後にはそこに老翁老姥などを配した「島台《しまだい》」は、祝儀の場の飾り物としてもっとも代表的なものになった。

「長柄の橋柱」の歌は、難波江の長柄川にかかっていた橋が早く朽ちてしまい、わずかに水中に朽ち残った橋柱が、難波の景物の葦の生え茂ったすき間に見える、というものである。これも古今集以来和歌に詠まれてきた歌枕で、「長」の語に祝意がある。朽ち残る橋柱は老残の身を例えることもあるが、「朽ちもせぬ長柄の橋の橋柱久しきことの見えもするかな（後拾遺集・四二六）」と、古い代の姿をとどめたものとしても詠まれる。

「渚の岡」は淀川左岸にあり（枚方市渚）、伊勢物語でよく知られた惟喬《これたか》親王の旧跡で、この歌では「岡」辺になびく尾花が、「渚」の語からの連想で、「白波」に見立てられている。白波や秋風になびく薄《すすき》の花の一面の白さは、殊に古人の心の奥深くにうったえかけるものだったのである。

永観元年（九八三）八月、大納言藤原為光は本邸としていた一条殿の寝殿を新築して、その襖障子に諸国の名所、春の「浜名の橋（遠江）」「八十島（出羽）」「浮島（陸奥）」「田子の浦（駿河）」「こゆるきの磯（相模）」「大淀の浦（伊勢）」、夏の「鏡山（近江）」「しかすがの渡り（三河）」、秋の「宇治川（山城）」「大井川（山城）」「佐保山（大和）」、冬の「住吉の浜（摂津）」「天橋立（丹後）」「高砂（播磨）」の一四ヶ所の風景の絵を描かせ、時の代表的な歌人の大中臣能宣・源順・清原元輔・源兼澄の四人にそれぞれの絵の風景の歌を詠ませて、その中から画面にふさわしい歌を選んで襖障子に書いた。

永観元年八月ついたちごろ、一条の大納言の家の障子の歌、

春、浜名の橋

春霞浜名の橋をたなびくは雲路《くもぢ》を分けて昇るなるべし　（尊経閣文庫本清原元輔集・九八）

永観元年、一条の藤《とう》大納言の家の寝殿の障子に、国々の名あるところを絵にかけるに作る歌、……高砂

うち寄する浪と尾上の松風と声高砂やいづれなるらん　（源順集・二六五）

「浜名の橋」の絵には、橋の東の海上にたなびく霞が描かれていたのであろう。当時の和歌では、春の到来をまっ先に知らせるものは、空や山にかかる霞だと考えられていた。「雲路」は雲の中を天上へと通じている道のことで、春霞はその雲路を天上の世界まで昇ってゆくのだろう、と思いやったのである。寛仁年間（一〇一七～二〇）ごろの浜名の橋付近の風景は、次のようなものであった。

浜名の橋、下りし時は黒木《くろき》を渡したりし、このたびは、跡だに見えねば、舟にて渡る。入江に渡りし橋なり。外《と》の海はいといみじくあしく波高くて、入江のいたづらなる洲《す》どもに異物《こともの》もなく、

松原の茂れる中より波の寄せ返るも、色々の玉のやうに見え、まことに松の末より波は越ゆるやうに見えて、いみじうおもしろし。（更級日記）

前記の源順の詠んだ歌の「高砂」は、冬の風景として描かれたもので、烈風の吹きつける高砂の浜の情景である。浜にうち寄せてくる高波と、砂山の尾上の松樹を吹きぬける松籟《しょうらい》の音と、どちらが高いことであろう、という歌である。

この藤原為光家の襖障子の名所絵もまた、一四画面のうち一二画面までが海浜や川の名勝を描いたものであった。ただし、当時の屏風や襖障子の遺品はまったく存在しないので、具体的にどのような絵が描かれていたのかは不明であるが、こうした屏風の画面の風景を詠んだ和歌の方は数多く残されていて、それらにより描かれていた絵の構図などをある程度うかがい知ることができる。これらの屏風・襖障子の絵からしても、当時の人々はいかに海浜や泉水の風景を見て心をやり和ませていたかが知られるであろう。

名所絵屏風は、宴会などの晴の儀礼の場を飾る調度であるから、そこに描かれる絵や和歌も祝意をもつことが基本であるが、のどかな川の流れや白砂青松の海浜の風景は、やはり人々の心を深く和ませるものであり、安楽平穏の国土を象徴するものであった。

さまざまの洲浜《すはま》とその意匠

平安貴族たちは日ごろ、寝殿前庭の白砂を敷きつめた庭に翠《みどり》の松を植え、池に中島を設けた風景を眺めていただけではなく、屋内においても屛風や襖障子に描かれた海浜や泉水の絵を見ながら暮らしていたが、さらにその他にも、身のまわりの調度品や衣裳などの文様にも、水辺の風物を模した意匠のものを多く用いていた。

その中でも注意すべきは、海浜や水辺の風景を模した作り物の「洲浜《すはま》」である。「洲浜」の語は、もと水辺や海浜の洲のある地形をいったものであったが、やがて主としてそうした水辺の風景を模した作り物、いわゆる箱庭のようなものをもいうようになった。それらの調度品としての洲浜は、儀式の場の飾りや人に物を贈ったりするときにその品を載せる台などに用いられ、さまざまに趣向をこらしたものが造られていた。

1　同じ年〈延喜十八年〈九一八〉〉十月九日、更衣たち菊の宴し給ふ。その日、

酒の台の洲浜の銘の歌、女、水のほとりにありて菊の花を見る

菊の花惜しむ心は水底《みなそこ》の影さへ色は深くぞありける　（躬恒集・一九二）

2　天暦七年（九五三）十月二十八日、殿上ノ侍臣、左右ニ相分カレテ各残菊三本ヲ献ズ。……（左方の）洲浜長サ八尺、広サ六尺許リ。沈香《ぢんかう》ヲ以テ舟橋ヲ作リ、銀ヲ以テ鶴一双ヲ作ル。但シ一ノ鶴、

菊一枝ヲ食フ。其ノ葉ニ和歌一首ヲ書ク。辛崎《からさき》ノ沙ヲ以テ之ニ敷ク。但シ所々ニ水精《すいしやう》ヲ以テ加へ敷ク也。水底ニ白鑞《はくらふ》ヲ敷キ水ヲ湛《たた》フル也。　（九条殿記・殿上菊合）

3　陸奥国《みちのくに》へまかる人に幣《ぬさ》つかはす、洲浜に浮島《うきしま》の形《かた》を作りて侍りしに、かく

わたつうみの波にも濡れぬ浮島の松に心をかけて頼まむ　（能宣集・四〇）

4　弁の内侍の、裳《も》に白銀《しろがね》の洲浜、鶴《つる》を立てたるしざま、めづらし。繡《ぬ》ひ物も、松が枝《え》の齢《よはひ》をあらそはせたる心ばへ、かどかどし（才気ガ認メラレル）。　（紫式部日記）

5　康保三年（九六六）八月十五夜、月の宴せさせ給はんとて、清涼殿の御前にみな方分《かたわ》かちて前栽植ゑさせ給ふ。左の頭《とう》には、絵所《ゑどころ》の別当蔵人少将済時……。右の頭には造物所《つくもどころ》の別当右近少将為光……。絵所の方には、洲浜を絵にかきて、くさぐさの花生《お》ひたるにまさりて描《か》きたり。遣《やり》水《みづ》・巌《いはほ》みな描きて、銀《しろがね》を籬《ませ》の形《かた》にして、よろづの虫どもを棲ませ、大堰《おほゐ》に逍遥したるかたを描きて、鵜舟《うふね》に篝火《かがりび》ともしたるかたを描きて、虫の中に歌は籠めたり。造物所の方には、おもしろき洲浜を彫《ゑ》りて、潮《しほ》みちたるかたを作りて、いろいろの造花《つくりばな》を植ゑ、松・竹などを彫りつけて、いとおもしろし。　（栄花物語・月宴）

1は、酒坏を置く台が洲浜になっていて、その台に水辺で菊を見ている女の姿が描かれていたのであろう。その画中に書き込むために詠まれた歌である。

2は、内裏清涼殿で行われた菊合に用いられた洲浜で、横八尺（約二・五メートル）縦六尺ばかり

もある大型のもので、蔵人六人が舁いて運んできたという。やはり水辺の風景の作り物で、白鑞を敷いて川水とし、川辺には近江の唐崎から取り寄せた砂と水晶を敷き、沈香の舟橋を設けるという豪華な洲浜で、洲に立つ鶴は菊の枝をくわえ、その菊の葉に歌が書かれていた。唐崎は琵琶湖畔の祓え所で、古くから白砂青松の光景で知られた洲崎であった。清涼殿の南庭には、筑紫の松浦浜から運んできた砂が敷かれていたが（p.133）、唐崎など地方の名所の砂もまたわざわざ取り寄せられることがあったのである。

　遠くの名所の砂を取り寄せるのは宮廷用だけに限らず、個人の場合にも、「同じ人（高階業遠）、丹後に通ひしころ、橋立の砂子を得させたりしに（赤染衛門集・一五二）」などと、天橋立の砂が土産物にされることもあったのである。仁明天皇皇子の人康親王は出家して山科に住んでいたが、「瀧落とし水走らせなど」した風流な庭を設けていて、その「しま好み給ふ君」の庭に立てるために、藤原常行は紀伊国千里の浜の「いとおもしろき石」を献上したという。この石はもと、清和天皇が常行の父良相の西三条殿に行幸したときに見せるため、千里の浜から運ばれてきたものであった（伊勢物語・七八段）。本来「しま（島）」の語は、「俗《ヨ》にいはゆる作《リ》庭・泉水・築山の事を、古《へ》には嶋といへり（玉勝間・一三）」といわれているように、古くは「庭園」をいうものであった。

　3は、遠国へ旅立つ人への餞別の品に、当時は幣を袋に入れて贈ることが多くあった。途中の道の無事を祈って神々に手向けるためである。その幣や他の品を洲浜に載せて贈ったのであろう。洲浜に造られていた浮島は、やはり白砂青松の光景で知られた陸奥の塩釜の浦にある小島で、浮島には松が植えられていたのである。

4は、儀式の場に出る女房の晴の装束の裳《も》の文様である。裳は女性の正装のときに下半身を覆うもので、ここの弁の内侍の裳は、銀泥《ぎんでい》で水辺に鶴のいる風景を描き、青松の刺繍をほどこしていたらしい。鶴や松だけではなく、洲浜の風景も祝意をもつものなのである。

5は、円融天皇の月見の宴の余興に、侍臣が左右に分かれて歌を詠むことになっていたが、その歌を書いた色紙を載せて出すのに、普通なら洲浜の台に置くのだが、このときは左方右方の頭《とう》が絵所と造物所の別当だったので、それぞれの役所の職人たちに腕をふるわせて、左は洲浜の絵を描き、右は洲浜のさまの木の彫り物を持ちだしてきたのである。左方の絵師の描いた洲浜の景は、庭の遣水や池に立つ巌石のさまの遠景に、大堰（大井）川の鵜飼の姿があったのであろう。右方は海浜のさまを彫っていたが、どこの地なのか不明である。

このようにして、洲浜の風景は貴族たちの日常生活のさまざまな場を飾っていた。しかもその洲浜の景は、単に人々に好まれ親しまれた風景というだけではなくて、多く晴の儀礼の場に用いられていることからも知られるように、人々はこれら白砂青松の海浜や水辺の風景のその奥に祝意を感じていたのである。後世になると、洲浜の用途は主として式日の飾り物に限定されてゆき、「島台」とか「蓬萊」などと呼ばれるようになってゆく。(35)

神女・天人のやってくる浜

古代の人々は、果てしなく海が広がり白砂青松の続く美しい海浜には、その風景をめでて天人が舞い降りてきたり、神々も訪れることがあると考えていた。

富士山南麓の海辺の三保松原、古くは有度浜《うどはま》と呼ばれていた海浜は、天の羽衣をまとった天女の降りてきた浜としてよく知られている。平安時代の神事の場や、宮廷の宴会などでよく行われた「東遊《あずまあそび》」の駿河舞は、この有度浜に天女の舞い降りてきた姿を見た土地の人々が、その姿をまねび伝えたものだという。

有度浜に天の羽衣昔きて振りけむ袖や今日の祝子《はふりご》

駿河国のうど浜に神女の降りて舞へりしことなり。東遊とていまにあるはこれなり。野叟《やそう》（土地ノ老人）見てまねび伝へたるなり。（奥義抄）

この歌は、十一世紀前半に諸国を旅した能因法師が、伊与国に下ってその地の三島神社に東遊を奉納したときのもので、「祝子」は神前で袖を翻しながら舞う巫女である。普通には「天人」「天女」などと呼ぶものを、『奥義抄《おうぎしょう》』の著者の顕昭法師は、特にここでは神事に舞ったものだったので「神女」といったのである。

紀伊国の吹上浜《ふきあげのはま》（和歌山市吹上）もまた、かつては見渡す限り白砂の続く広大な海浜であり、天人の舞い降りてくる浜として知られた名勝であった。十世紀後半ごろ京の賀茂社の神宮寺に属した下級僧侶で、やはり諸国を旅したことで知られている増基《ぞうき》法師は、「世をのがれて心のままにあらむと思ひて、世の中に聞きと聞く所々をかしきを尋ねて心をやり、かつは尊き所々拝み奉り、わが身の罪をも滅ぼさむ」と願って熊野詣でに出かけ、その途中この吹上浜に宿った夜、次の歌を詠んでいる。既に出家した僧の身でありながらも、さらに重ねてここで「世をのがれて」といっているのは、この時期になると南都や叡山など大寺の僧侶社会もまた、俗世と同様に身分秩序の厳しく支配する、息苦しく閉塞感をおぼえるようなものになっていたからである。美しい山水の風景を見ることは、日ごろの鬱屈した心を延ばすだけではなく、俗塵にまみれて生きてゆくうちに身につもった罪障をも消滅させ、心身を浄化することになるのだと考えられていたのである。

紀の国の吹上浜にとまれる、月いとおもしろし。この浜は天人つねに下《くだ》りて遊ぶといひ伝へたる所也。げに所もいとおもしろし、今宵の空も心細うあはれなり。夜《よ》の更けゆくままに、鴫の上毛《うはげ》の霜うち払ふ風もそらさびしうて、鶴《たづ》はるかにて友を呼ぶ声も、さらにいふべきかたもなうあはれなり。それならぬさまざまの鳥どもあまた、洲崎《すざき》にも群がれて鳴くも、心なき身にもあはれなること限りなし

少女子《をとめご》が天の羽衣ひきつれてむべもふけ井《ゐ》の浦に降《お》るらん　（増基法師集・五）

この歌は吹上浜で詠んだものなのに、「ふけ井の浦」とあるのは不審であるが、本居宣長は「ふけ

井の浦」は吹上浜の一名であろうといっている（玉勝間・九）。ただし、この吹上浜の北方の和泉国にも「和泉国ふけゐの浦といふ所に（書陵部本津守国基集・一〇〇）」、「和泉に、ふけゐの浦と申す所にて（書陵部本行尊集・三四）」と同名の名勝があってまぎらわしいが、こちらは「和泉国日根郡深日（谷森本訓「フケヒ」）行宮（続日本紀・天平神護元年十月二十六日）」の地（大阪府岬町深日）のことである。早くから「ふけゐ」と「ふけひ」の表記の混同があってまぎれたのであろう。紀伊にも「ふけゐの浦」のあったことは、大和物語第三十段などにも見えている。吹上浜は広大な砂浜であったから、あるいはその一部に「ふけゐの浦」があったのかもしれない。この吹上浜から和歌浦に続く白砂青松の海浜は、熊野詣でに出かけた貴族たちが必ず立ち寄る名勝であった。

天仁二年（一一〇九）冬、権中納言藤原宗忠は熊野詣での帰途、和歌浦から吹上浜へと遊覧したときの様子を次のように記している。

先達《せんだつ》ノ聖人、談《かた》リテ云ク、今日雲葉快晴、浪花動カズ、早ク舟ニ乗リ和歌浦・吹上浜ヲ覧《み》タマハンコト如何《いかが》、此ノ物詣ノ次ニ人々多ク御覧ズル所也テヘリ。……巳ノ時ニ舟ニ乗ル。……雲水茫々タリ、眼路空シク疲ル。海上ヲ渡ルコト一時許リニ和歌浦ニ着ク。巌石色々、松樹処々、地形幽趣ニシテ、風流勝絶ス。……次ニ馬ニ乗リテ三十町許リ忩《いそ》ギ行クノ間、吹上浜ニ来タリ着ク。地形ノ為体《ていたらく》、白砂高ク積ミ、遠ク山岳ヲ成ス。三四十町許リ全ク草木無ク、白雲ヲ踏ム如クニテ、誠ニ以テ希有也。此ノ地ノ勝絶、筆端スルコト能ハズ。馬従《よ》リ下リテ暫ク遊覧ス。

（中右記・天仁二年十一月六日）

和泉国深日の浦から摂津の住吉の浜にかけても白砂青松の美しい海浜であるが、難波津から須磨明石に至る一帯の海浜もまた、白砂青松の光景にめぐまれた地であった。殊に武庫川の河口辺りには、万葉集にも詠まれた「角松原《つののまつばら》」や鳴尾の松で知られた美しい松原が続いていた。日本書紀の神功皇后摂政元年の記事によれば、この「務《む》古水門《このみなと》」の岡辺にある広田社は、天照大神の荒魂《あらたま》が自ら求めて鎮座した社であり、すぐその西には神功皇后の三韓遠征の帰途、住吉三神の和魂《にぎたま》が鎮座せんと宣うた「大津渟《おおつのぬ》中《な》倉之《くらの》長峡《ながを》」の本住吉《もとすみよし》社がある。[36] これら神々の上陸したという武庫の海浜は、古くから「御《おま》前浜《へのはま》」と呼ばれて（散木奇歌集・五、承安二年〈一一七二〉十二月・広田社歌合）、いまもその名が伝えられている（西宮市御前浜）。この海浜もまた、神々のめでて立ち寄った勝地だったのである。

さらに中世になっても、この海浜の光景をめでた「戎神《えびすがみ》」までもがやってきて鎮座した。西宮の戎神の種姓は、伊弉諾《いざなぎ》・伊弉冉《いざなみ》の両神から最初に生まれた「蛭子《ひるこ》」で、天照大神の兄であると考えられていた。古事記によればこの幼神の「蛭子」は、生まれ落ちてから三年を過ぎても足が立たなかったために、親神により「葦船」に乗せられて外洋の彼方へと放ち棄てられた、という薄倖の神の子であった。蛭子はどこの国に流れ着いて成長したのかは不明であるが、やはり長らく蛮地にいても母の国を恋い続けて帰ろうとしたのであろう。もっとも、蛭子が流されるまでの三年間をこの浜辺で育てられたとは考えにくいので、帰国してこの地に鎮座することになったのは、やはり白砂青松の美しいこの浜に心ひかれてのことであったに違いない(37)。こうした神話の生まれてきた背景の一つには、見渡すかぎり白砂青松の続く浜と、その向こうに果てしなく広がる海の光景には、人々の心をまだ見ぬ遥かな異郷へと深くいざなうものがあったからである。

日本三景の一つ陸奥国塩釜浦は、藤原氏の遠祖 武甕槌命《たけみかづちのみこと》の「あまくだり給」うた海浜であり（春日権現験記絵・巻二）、源 融《みなもとのとおる》が京の六条河原に設けた豪邸河原院の庭園にも取り入れて塩を焼いた、という美景であった。いま一つの丹後国天橋立も、白砂青松の勝地として古くから遍く知られているが、その地名は地上に降りた神が天上へ還り昇るためにかけた梯子《はしご》に由来するものだとされている。

丹後国風土記ニ曰ク、与謝《よさ》ノ郡《こほり》ノ郡家ノ東北ノ隅ノ方ニ、速石里《はやしのさと》有リ。此ノ里ノ海ニ長ク大キナル前《さき》有リ。〈長サ二十（「一千」の誤りか）二百廿九丈《つゑ》、広サ、或ル所ハ九丈以下、或ル所ハ十丈以上、廿丈以下〉先《さき》ヲ天椅立《あまのはしだて》ト名ヅケ、後《しり》ヲ久志浜《くしのはま》ト名ヅク。然《しか》云フハ、国生《う》ミマセル大神、伊射奈藝命《いざなぎのみこと》、天《あめ》ニ通ヒ行《い》デマサムトシテ、椅《はし》ヲ作リ立テタマヒキ。故《かれ》、天椅立ト云フ。神ノ御寝《みね》マセル間ニ仆《たふ》レ伏シキ。仍テ久志備《くしび》坐《ま》スヲ恠《あやし》ミタマヒキ。故、久志備浜《くしびのはま》ト云フ。此ヲ中間《なかつよ》ニ久志《くし》ト云ヘリ。　（釈日本紀・巻五・天浮島）

天橋立は、丹後一宮の籠《この》神社（宮津市大垣）辺りから南方へ長く延びる洲崎である。その長さは「一千二百廿九丈《つゑ》」というから、「杖」をいまの三メートルとすれば約三・七キロメートルばかりもあった。前記の志賀の唐崎もそうであるが、広い海に向かって長く突き出した「さき」は、古くから信仰の対象とされることが多かった。大海の彼方へと向って延びる「さき」は神のやって来て、また去ってゆく地と考えられていたのである。(38)

大国主命の国造りを助けた「少名毘古那《すくなひこな》神」は、海の彼方から「出雲之御大之御前《みほのみさき》」へと白波を分けてやってきて(古事記)、国造りを終えた後には、「熊野之御碕《くまののみさき》(出雲国意宇郡)」から「常世郷《とこよのくに》」へと帰って行ったという(日本書紀)。実はこの少彦名神は、ずっと後世にも再びわが国にやってきたことがあった。斉衡三年(八五六)十二月二十九日、常陸国府からの報告によるに、鹿島郡大洗磯《おおあらいのいそ》前《ざき》の地で、塩焼きの民が夜中に海を見ると、光り耀くものが空へと連なっていた。翌日に見にゆくと、水際に二つの各高さ一尺ばかりの怪石があった。とても人間界の物とは思えない姿の石で、僧侶のような形の石もあったが、ただ耳目がなかった。時に神が人に憑いていうには、「我ハ是レ、大奈母知《おほなもち》少比古奈命《すくなひこなのみこと》也、昔、此国ヲ造リ訖《をは》リテ東海ニ去《はな》レ往《い》ヌ、今、民ヲ済《すく》ハムガ為ニ、更ニ亦来タリ帰ル」と名乗ったという(文徳実録)。東方の常世国から再来したこの神は、いまも酒列磯前《さかつらいそざき》神社(ひたちなか市磯崎)の祭神として鎮座している。わが国の東の果てにあったこの大洗もまた、白砂の果てしなく広がる海浜であり、神の訪れるにふさわしい「さき」であった。

要するに、平安貴族たちの住宅の白砂を敷き詰めた前庭は、その先にある池や中島とともに、われわれの原風景ともいうべき白砂青松の続く海浜を幻視させるものであり、神をいざない寄せる庭であるとともに、住む人の心を遥か彼方の非日常の世界へと誘い出すもの、と考えられたのである。

二　庭園の思想

大中臣輔親《おおなかとみのすけちか》の海橋立殿《あまのはしだてどの》

歌人大中臣輔親は、十一世紀前半に伊勢太神宮の祭主（神官の長）を長く勤めて、大中臣氏としては初めて三位に昇った人である。輔親は六条に風流な屋敷を構え、天橋立の風景を模した庭を造っていたので、この屋敷は「海橋立」と呼ばれていた。

1　南院〈海橋立也〉ハ輔親卿ノ家也。月ヲ見ン為ニ、寝殿ノ南ノ庇《ひさし》ヲ差サズト云々。懐円ガ「池水ハアマノ河ニヤカヨフラム」ハ、此ノ所ニ於テ詠ム也。月ノ明キ夜《よ》、歩行《かち》ニテ行キ向カヘルニ、夜フケテ人モネタラント思フニ、寝殿ノ南面ニ、輔親一人月ヲミテ居テ、時ニ相互ニ興ニ乗ジテ此ノ歌ヲ詠ミ、暁更ニ帰ルト云々。

（袋草紙・上）

2　月のいとおもしろく侍りける夜《よ》、来《き》し方行末有り難きことなど思う給へて、徒歩《かち》より輔親が六条の家にまかれりけるに、夜《よ》更けにければ、人もあらじと思う給へけるに、住み荒らしたる家の妻《つま》に出でゐて、前なる池に月の映りて侍りけるを眺めてなん侍りける、同じ心にも、などいひて詠み侍りける

懐円法師

池水は天の河にや通ふらん空なる月のそこに見ゆるは

（後拾遺集・八三九）

輔親は、月光が屋の奥深くまで差し込むようにと、この寝殿にはわざと南庇を設けなかった。夜更け輔親は寝殿に独り坐って、前庭の天橋立をかたどった中島の彼方の空に出た月を眺めて、心をやっていたというのである。夜半にわざわざ徒歩で輔親邸を訪ねて共に月を見たという懐円は、歌人源道済の子で、またの名を懐国ともいい、後述するように能因法師らとも親しく、やはり諸国を旅した歌僧であった。これら「すき者」たちは、天橋立の月を見ながら、遥か空の彼方へと心のいざなわれてゆくのにまかせていたのである。

輔親のこの屋敷は、「輔親六条宅」と見えて六条にあり、関白藤原頼通も一時住んだこともある豪邸で、後には頼通に献上されたらしい（小右記・長元二年四月四日）。輔親は富裕だったので、伊勢国の壱志浦《いしのうら》の藤形《ふじがた》（津市藤方）に別荘をもっていた。この藤形の別荘もまた伊勢湾に面した白砂青松の続く海浜にあり、「其ノ所、太《はなは》ダ以テ優美也、風流云ヒ尽クスベカラザル也（春記・長暦二年十月一日）」といわれた所であった。

1では輔親邸が「南院」と呼ばれているが、それは後に三条帝皇子の敦明親王（小一条院）がこの屋敷を入手して以後、「南院」と呼ばれたからである。敦明親王の本邸はこの海（天）橋立殿の北町、楊梅小路北・烏丸小路西の「小六条殿」であったが（山槐記・長寛二年六月二十七日、拾芥抄）、後にその南町をも領有して、小六条殿の方を「北院（帝王編年記・天永三年三月十六日）」、南町の「六条北・烏丸西」の元輔親邸を「南院」と呼んだ（拾芥抄）。その後この南院は、白河院の近臣藤原顕季の所有となり、顕季はこの「海橋立殿」を娘婿の藤原実行に伝え、次いで実行はこれを鳥羽院に献上して、以後長く鳥羽院の御所となった（本朝世紀・久安五年正月三日）。

ところが、現行の『拾芥抄《しゅうがいしょう》』には「六条院〈六条南、室町東、号海橋立、有連理樹、祭主輔親家〉」とあるので、この「六条院」がもとの輔親の天橋立殿である、とする説が長く行われてきた。しかしながら、輔親邸について当時の文献には「輔親六条宅」「輔親が六条の家」などと記されているのは、やはり六条大路の北の地、つまり条坊制の六条にあったからだと考えられる。藤原顕季から藤原実行に伝えられた屋敷も、「修理大夫顕季の六条の家（散木奇歌集・一七二）」、「別当実行の六条の家（散木奇歌集・二一〇）」と呼ばれている。六条大路以南の地は条坊制では「七条」なのである。もっとも、十一世紀後半ごろになると、京内の地点呼称も大路を基準に表示するように変化してきて、六条大路に接した南の地をも「六条」と呼ぶことがしだいに行われるようになってくるので、六条大路の南にある屋敷をも「六条殿」と呼んだ可能性もあるが、「輔親六条宅」と記されているものが、六条大路の南（七条）にあったとする説には、やはり根拠が乏しい。

さて、輔親や懐円らの歌詠みたちは、深夜この天橋立を模した庭を前に、白砂のきらめく長い洲崎の先の空に白々と照る月を眺めて心を澄ませ、遥かなる空の彼方へと思いをやっていたのである。寝殿の白砂の敷かれた前庭は、昼間には清浄な「聖」なる空間を造り出していただけではなく、深夜の月の光に照らされた白砂は、人々の心をこの世の外へといざなってゆくものでもあった。

月にいざなわれる心

夜更けに月を眺めて遥かに思いをやり、また心を深く沈潜させてわが身を省みるというのは、人々が内面性を豊かにしてきた十世紀ごろからしだいに顕著になってきた傾向であった。万葉集にも月を詠んだ歌は多くあるが、それらの大部分は月光の清らかさなど月やその光に主たる関心が向かっていて、月光に反照された人の心を詠んだものは稀なのである。それが平安時代に入ると、月にさそわれてあくがれ出る心や、月を契機としてわが身をかえりみたときの情念など、自己の内面へと関心が向うようになってゆく。

A　さて、月の明きはしも、過ぎにし方、行く末まで、思ひ残さるることなく、心もあくがれ、めでたくあはれなることたぐひなくおぼゆ。……月の明き見るばかり、物の遠く思ひやられて、過ぎにしことの、憂かりしも、うれしかりしも、をかしとおぼえしも、ただ今のやうにおぼゆる折《をり》やはある。

（枕草子「成信の中将は」の段）

B　時々につけても、人の心を移すめる花紅葉の盛りよりも、冬の夜の澄める月に雪の光りあひたる空こそ、あやしう色なきものの身にしみて、この世のほかのことまで思ひ流され、おもしろさもあはれさも残らぬ折なれ。

（源氏物語・朝顔）

C　十三日の夜、月いみじく隈《くま》無く明きに、みな人も寝たる夜中ばかりに、縁《えん》に出でゐて、姉なる人、空をつくづくと眺めて、「ただ今行方なく飛び失せなば、いかが思ふべき」と問ふに、（私ノ）なま怖ろしと思へる気色を見て、異事《ことごと》に言ひなして、笑ひなどして、（更級日記）

D　行方なく月に心の澄み澄みてはてはいかにかならんとすらん（西行法師家集・二一五）

E　夏も、まして秋など、月明き夜は、そぞろなる心も澄み、情けなき姿も忘られて、知らぬ昔・今・行く先も、まだ見ぬ高麗《こま》・唐土《もろこし》も残る所なく遥かに思ひやらるることは、ただこの月に向かひてのみこそあれ。（無名草子）

これらの例はいずれも、当時の人々の月をながめて感傷する心を述べたものである。夜半に独り眺める月が人々にとって、いかにわが身を省みさせたり、日ごろ自己の身をつなぎとめている日常の場から抜け出して、遥かな世界へと心をいざなうものであったかを、よくうかがうことができる。

Aはいかにも清少納言らしくて、この人が月についても明るく照りかがやく姿を好んだ様子が知られる。それに対してBは源氏物語の三十二歳の光源氏の感慨である。一面に降り敷いた冬の夜の雪を照らす冷え冷えと澄んだ月の光、そのかすかな光のほの暗い光景こそが、鮮やかな色に満ちた花紅葉の風景よりも、ひとしお深く心に染みとおり、人の心を遥か遠くの世界へといざなってゆくものなのだ、というのである。この肌寒さや冷えの感覚につつまれたほの白さの光景は、やがて後の新古今歌人たちの追求した美的理念、「見わたせば花も紅葉もなかりけり浦の苫屋《とまや》の秋の夕暮（新古今集・三六三・藤原定家）」などと形象される世界につながるものである。Bはその先駆的なものであるだけではなく、簡略ながらも既にほぼ十分な形において俊成・定家らのめざした「幽玄」の美的世界が記述されている。輔親や懐円らが、天橋立殿で庭の白砂を照らす月光を眺めながら、遥かに思いをやっていたのも、こうした感傷と一連のものであろう。(39)

なお、Bの「この世のほかのことまで思ひ流され」は、眼前の光景の向こうへと心が遠くへいざなわれ、往事のこれかれが次々とよみがえってきては去ってゆくことをいったものであろうが、ここの「思ひ流す」の語は当時他に用例の見えないもので、単に「思ひ出されて」というのに対して、次々と想起されてくる情念の移ろいのはかなさをも意味していて、この作者の独自な表現密度の高い用語の一つである。

Cでは、作者の姉が月に心あくがれて、わが身が空の彼方へとさそわれてゆくような感覚をおぼえたことをいったものである。歌人でもなく普通の貴族女性であった作者の姉なども、月を見てこうした浮遊感覚をおぼえるほどに、深く感ずる心をもっていたのである。

Dの西行の歌も同種の心を詠んだものであろう。西行には花とともに月を詠んだ歌が多いが、現世のことを棄てたはずの西行にとっての花や月への執着は、なお残る世俗の世界への未練につながるところがあり、西行の歌にわれわれが深く心ひかれるのは、「世の中を棄てて棄てえぬここちして都離れぬわが身なりけり(山家集・一四一七)」といったその俗世への未練を述べる素直さによるところが多いのである。Eは、それら王朝貴族にとっての月を総括している。

四方四季の屋敷と光源氏の六条院

古くから洋の東西を問わず、人間にとってその屋敷の造営は、服装を飾り高貴な美女を妻妾に集めることなどと同じく、自己の身体の延長というべき意味をもち、自己を拡大拡張しようとする意欲の現れと認められるところがある。成り上がって高い社会的身分地位を獲得した人は、まず最初に豪華な屋敷を造営するのが常であった。後世では豊臣秀吉の例はよく知られている(40)。

極貧の身であった竹取の翁は、かぐや姫とともに黄金を得たことで「勢ひ猛《まう》(富裕)の者」になり、天皇の行幸をも仰ぐような豪邸を構えている。宇津保物語の紀伊国の豪族神無備種松《かんなびのたねまつ》は、その娘が嵯峨院に出仕して涼を産み、天皇家との姻戚関係を結ぶとともに、吹上の浜辺に建てた「四面八町」の屋敷に大臣たちや嵯峨院を迎えている。この種松の屋敷は「東の陣(門)の外には春の山、南の陣の外には夏の影、西の陣の外には秋の林、北には松の林」という、四面に四季の庭をもつ豪邸であった。広大な敷地と屋敷、および四季の景色の庭をもつ邸宅は、その主人の栄花のさまを何よりもよく具体的に示すものだったのである。

光源氏は三十五歳になって、官位も従一位太政大臣に昇りつめたころ、四町(約二五〇メートル平方)を占める広大な邸宅六条院を造営した。新邸造営の意図は、

大殿、静かなる御住まひを、同じくは広く見どころありて、ここかしこにておぼつかなき山里

人などをも集へ住ませんの御心にて、六条京極のわたりに、中宮（六条御息所ノ娘ノ秋好）の御旧《ふる》き宮のほとりを、四町《よまち》を占めて造らせ給ふ。（少女巻）

というものであった。閑雅な屋敷で心静かな生活をと願い、また離れて暮らしている妻たちをも集めて住まわせるような屋敷を造ろうとしたのだという。「山里人」とあるのは、源氏のただ一人の娘を産んだ明石君のことで、この人は自分のような身分の低い女が源氏の本邸二条院に入っては妻としては待遇されずに、女房同然のあつかいを受けるにちがいないと恐れて、このころまだ西郊大井川べりにあった親の山荘で暮らしていたからである。

この六条院は一町ごとに独立した四つ屋敷から成り、各町の庭は四季に配当して造営されていた。南東の町は源氏と紫上の住む屋敷で、春の花の草木を主体にした庭を造り、南西の町は秋好《あきごのむ》中宮の里邸とし、紅葉するいろいろの木を植え秋の野を模した庭をもっていた。北東の町は、紫上に次ぐ地位の源氏の妻の花散里の屋敷で、卯の花や花橘などの夏の花木が多く植えられていた。北西の一町は、その北側半分が御倉町《みくらまち》になっていて、築地塀を隔てた南半町が明石君の住居であった。この北西の明石君の町では、冬に雪のかかった松の風情を見るために松が植えられ、また霜の置いた菊をめでようと菊の籬《まがき》がめぐらされていて、「北の町」とも呼ばれていた。

六条院四町のうち南東と南西および北東の三つの町では、寝殿とその東西に対屋をもち、白砂の前庭に池を掘った典型的な一町家であったが、北西の明石君の屋敷は寝殿や庭の池などもなく、二棟の

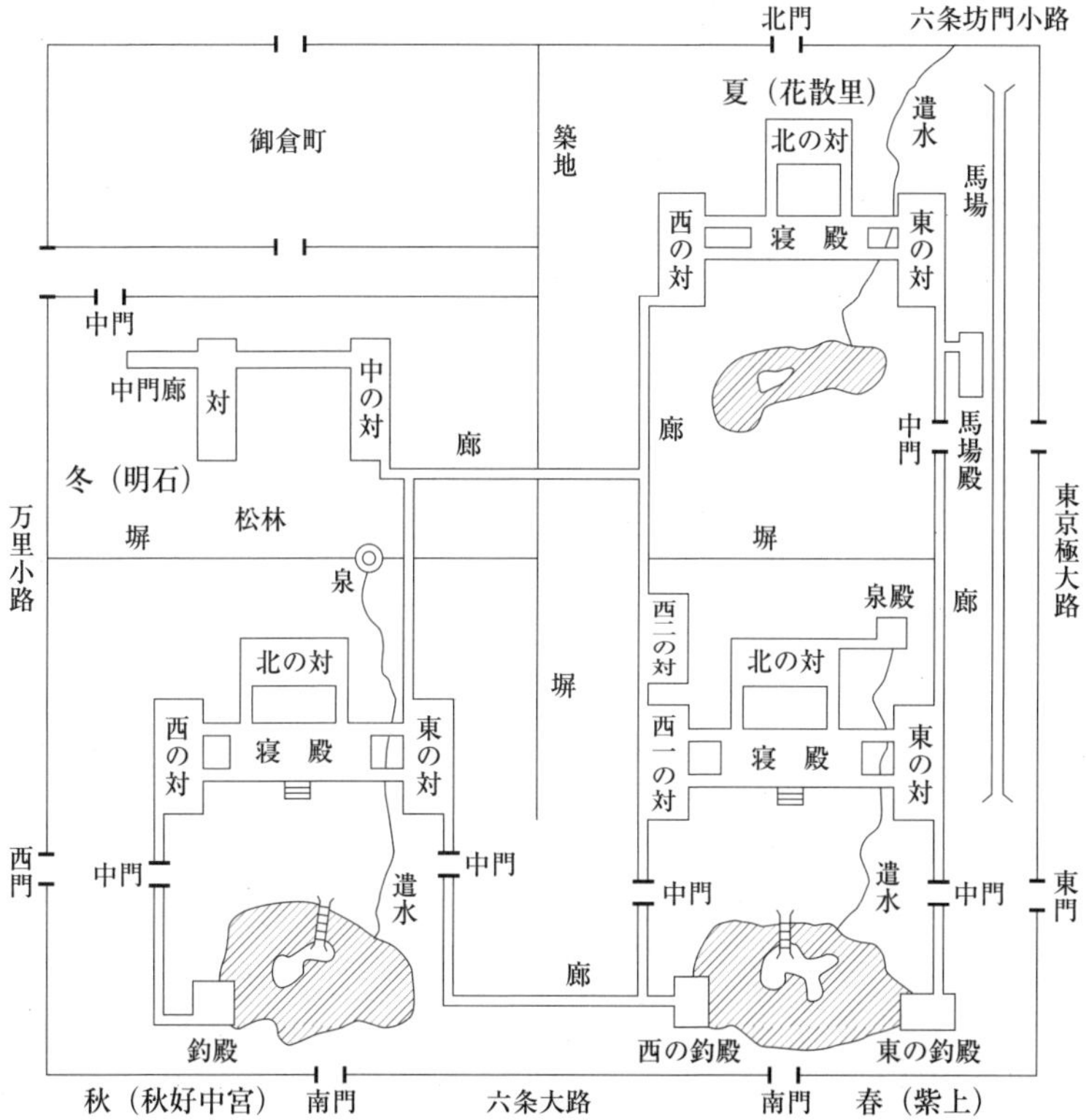

光源氏六条院想定図

（一辺84丈、約250メートル）

大きな対屋と周囲に廊をめぐらしただけのものであった。このように四つの町には、その位置および建物の規模において格差がついているが、それは各町の主人の社会的地位に対応したものなのである。もっともよい位置を占める南東の町には、源氏と紫上が住み、後には女三宮も入ることになる。この町では西対が南北に並んで二棟あった。南西の町は、もと秋好中宮の母の故六条御息所邸のあった地であった。北東の町の主の花散里は、源氏の妻としては早くから関係も淡くなっていたが、生れもよく誠実な人柄だったので源氏も丁重にあつかい、長男夕霧の世話をしていて、紫上に次ぐ地位の妻なので、源氏のもとの本邸二条院でも西対に住んでいて、六条院でも北東の一町の主として待遇されていたのである。それに対して北西の町の明石君は、受領の娘という身分の低さにより、わざと寝殿もない住居を与えられたのである。源氏物語では住居に限らずさまざまな物事がすべて、このように厳しい身分秩序意識によって書かれていて、六条院四町の全体の構成に不均衡が生じることになっても、各町に住む妻の身分秩序が優先されている。

源氏の六条院では四町が四季の庭をもつことから、古代の栄花を極めた人々の営む理想の豪邸と考えた、「四方四季」「四面四季」の御殿をめざしたものだといわれている。(41) 四方四季の屋敷の例としては、前述の宇津保物語に見える紀伊国吹上浜にあった神無備種松の屋敷があり、後には藤原頼通の造営した高陽院《かやのいん》がある。(42)

この高陽院殿の有様、この世のことと見えず。海龍王の家などこそ四季は四方に見ゆれ。この殿はそれに劣らぬさまなり。例の人の家造りなどにもたがひたり。寝殿の北・南・西・東などにはみな池あり。

（栄花物語・駒競べの行幸）

当時の人々には、四方四季の屋敷は海龍王の住む龍宮城の造りであると信ぜられていたのである。ただし、これは何を典拠にしたものなのか明らかでない[43]。高陽院はもと桓武皇子の賀陽親王邸で、本来は堀河東・中御門南の一町であったが、後にその南町が取りこまれて南北二町になったもので（二中歴、拾芥抄）。後世伝領した関白藤原頼通が、寛仁三年（一〇一九）ごろから改築を始め（御堂関白記寛仁三年二月二日）、以後幾度か焼亡新築を繰り返しながら拡張されて、ついには堀河東・中御門南、西洞院西・大炊御門北の四町を占める豪邸になったものである。ただし、高陽院は寝殿の南北および東に池を設けた邸宅ではあったが、いわゆる「四面四季」の屋敷ではなかった。

「四方四季」の屋敷と呼ばれるものは、主人の住む御殿の四方に、それぞれ四季の代表的な風景をもつ庭のある屋敷をいうものなのである。

ある時（女房ガ浦島ニ）「この龍宮浄土の四方の四季を見せ申さん」とて立ち出でける。まづ東の門を開けて見れば、梅・桜咲き乱れ、心・言葉も及ばれず。さて南の門を開けて見れば、反橋《そりはし》をかけさせ、洲浜に池を掘らせ、なかなか涼しきこと申すばかりはなし。

（日本民芸協会本『うらしまの太郎』）

公卿僉議《せんぎ》して申されけるは、四方に四節をつくらせて、叡覧ならせ申し候はば、もし太子（釈

(父ノ王ハ)大に悦び給ひて、四面に四季の有様をぞつくらせられける。東の方には春の景気をあらはし、南のかたには夏の風情、西の方には秋の有様、北には冬の体《てい》をぞ造らせせける。(釈迦の本地)

迦)の御心なぐさみ候ひて、(出家ヲ)御とどまりや候はんと申されければ、

つまり「四方四季の家」は、龍宮などの異境・仙境に存在するこの世ならぬ美しい庭をもつ極楽の屋敷、と考えられていた。しかし、そうした「四方四季の庭」をもつ理想の屋敷の概念が定着するのは中世の物語類になってからであり、それ以前にはいまだ明確には成立していなかったように思われる。源氏の六条院も四つの町に四季の庭があるが、源氏の住む南東の町を中心にして四方四季の庭があるわけではない。この六条院では、南東の町が春に、北東の町が夏に当てられ、源氏と紫上の住む南東の町は「辰巳のおとど」「南のおとど」「春のおとど」、花散里の住む北東の町は「丑寅の町」「東の町」「夏の御方」などと呼ばれているが、これは中国五行説の春は東、夏は南とするのにもうまく対応していないのである。これについては、作者が源氏の六条院の構造を考えるに際して、四方四季の庭をもつ屋敷とともに、当時の民俗学的な「辰巳信仰」や「戌亥信仰」をも意識したがために、整合性を欠いているのだ、とも説明されている(44)。源氏の六条院には、たしかに四方四季の家を意識しているところがあり、戌亥信仰などの影響があるかもしれないが、この物語が書こうとしているのは、そうした屋敷の趣向そのもののおもしろさにあるのではなく、そこで繰りひろげられる四季の順行に調和した人々の情趣的生活なのである。

中世の四方四季の家の概念が成立する以前の様子をうかがわせるものに次の話がある。藤原氏の重要な邸宅であった東三条殿の北西の筋向かいの地に住んでいた僧が、東三条殿の戌亥の隅に祭られている角振《つのふる》神・隼《はやぶさ》神への法楽に、日ごろ法華経などを読んでいたが、それを喜んだ神が人間の男の姿をして僧を訪れ、お礼をしたいといって「東三条ノ戌亥ノ隅ニ御《おは》スル神ノ高キ木ノ許《もと》ニ」連れて行き木に登らせた。すると木の上には「微妙《めでた》キ宮殿」があり、男は僧に「中を覗かずに暫く待て」といってその宮殿の内に入って行った。しかし、好奇心にかられた僧は内部をのぞいてしまう。

竊《ひそか》ニ臨《のぞき》テ見レバ、東ニハ正月ノ朔《ついたち》ノ比《ころほ》ヒニテ、梅ノ花糸《いと》譤《おもしろ》ク栄《さ》キ鶯糸《いと》花ヤカニ……、辰巳《たつみ》ヲ見レバ様々ノ狩装束ノ姿共多クテ、船岳ニ子日《ねのひ》シ……、南ヲ見レバ、賀茂ノ祭ノ物見車、返《かへ》サノ紫野ノ生《なま》メカシク……、未申《ひつじさる》ヲ見レバ、六月《みなつき》ノ解除《はらへ》スル車共繚《あつか》ハシ気ニ水ニ引渡シ、西ヲ見レバ、七月七日（以下欠文）

（今昔物語集・一九・三三）

この話は後半が欠落しているが、僧の見た東三条殿の戌亥の隅の木の上の神の御殿は、周囲に四季の移り変わりゆく風物の見える屋敷であったらしい。この御殿からは、東には正月朔日ごろの風景、辰巳には子日の松を引き小弓の遊びをする人々の二月ごろのさま、南には四月の賀茂祭や五月の菖蒲の節、未申には夏の終わりの水無月祓え、西には七月の七夕などの年中行事の風景が眺められて、一年のなだらかに推移してゆく自然と人事の風物が見渡される屋敷であった。つまりこの屋敷は、「四面四季」の庭をもつ家として簡略化される以前の姿がうかがわれる。屋敷の四面に四季の庭が配置された、単に主の目をたのしませるだけのものとは違って、この御殿は周囲に一年一二ヶ月のゆるやかに連続的に推移し循環してゆく姿を臨み、この世界の調和的な秩序のさまを見守る神の屋敷、というべきものだったのである。源氏の六条院もまた、中世的な四方四季の単なる極楽浄土というよりも、この世界の四季の秩序ある順行を見守る主人という、より古代的な性格をもつように思われる。

なお、東三条殿戌亥の隅の角振・隼両明神の鎮座する杜には、直径四尺九寸にもおよぶ樗《おおち》の大木が生えていた（台記・康治三年五月二十六日）。この「つのふり・はやぶさの明神は春日（権現）の御眷属にて、御社におはします也（春日権現験記絵・巻四）」とされるもので、正二位を授けられ（日本紀略・寛弘三年四月五日）、早くから東三条殿の鎮守社として崇拝されていた。戌亥の隅の宅神の例には、春日南・高倉東の大炊殿《おおい》の「火御子社《ひのみこ》」もあった（台記・久安二年四月十日）。また春日南・室町西の小松殿の北東の隅には「太詔明神《ふとのと》」の社があり（古事談・六・六五）、また「笛吹ノ明神」とも呼ばれていた（吉水院楽書、藤原公任集・五一〇）。敷地の四隅には社のある屋敷が多かったのである。

源氏の六条院の庭には、四季の順行を知るための庭とでもいうべき古代的な性格が認められるが、やがて次の中世と呼ばれる時代が姿を現し始めるとともに、そうした庭のもっていた聖なる性格はしだいに失われてゆき、単に山野・海浜の自然の美景を模して、身近に自然にふれ親しみたいと願う心が強くなってきて、人々にもつ庭の意味も変化してゆくように思われる。

三　世俗出離のねがいと山里志向

山里趣味の流行

十世紀末ごろから、貴族社会には世俗の生活を棄てて出家をねがい、山林で静かに暮らしたい、という隠遁志向の傾向が顕著になってくる。世俗の世界を出離して心静かに深山に籠もりたい、という願望を詠んだ歌は既に万葉集にも見えるし、平安時代に入っても、

山里は物のわびしき事こそあれ世の憂きよりは住みよかりけり　（古今集・九四四・よみ人しらず）

世に経れば憂さこそまされみ吉野の岩のかけ道ふみならしてむ　（古今集・九五一・よみ人しらず）

などと、繰り返し詠まれている。しかしながら、源氏物語の書かれた十世紀末ごろからの大きな特徴は、そうした世俗出離の志向が、権力体制にうまく組み込まれず不如意な生活の下級貴族たち、社会の陽のあたらない側にまわった人たちだけではなく、恵まれた側にあったはずの高級貴族たちにも、出家隠遁の生活に心ひかれる傾向が顕著になってきたことである。

一条朝の後半になって、藤原道長を頂点とする貴族社会の新しい身分秩序が確立してくると、高級貴族たちにも厭世気分が広まってくる。円融朝のころまでは、いまだ藤原氏の嫡流としての誇りをもっていた小野宮流の人々も、道長が権力の頂点に立つとともに、もはや摂関の地位からは完全に疎外

されることになった。その小野宮流の嫡男に生まれた藤原公任《きんとう》は、円融朝のころには内裏で天皇の臨席のもとに元服を行うなど（公卿補任）、将来は一の人と嘱望されたていたが、一条朝になると同齢の道長に位階を追い抜かれて大きく差がつき、長徳二年（九九六）に道長が三十一歳で正二位左大臣となり執政の座についたとき、公任は正四位下参議であった。公任はそれ以後しだいに政界活動に熱意を失ってゆき、和歌に心を向けるようになってゆく。公任が拾遺集を撰んだり『新撰髄脳《しんせんずいのう》』などの歌論書を著して、和歌活動に意欲を注ぐようになるのはそのころからである。その資質にもよるのであろうが、公任は政治から和歌の世界へと逃避していったのである。

和歌は古今集の成立以来人々の生活に深く浸透し、貴族社会に盛行していったが、しかし十世紀末ごろまでの和歌は、主として下級貴族の専門歌人たちによって担われていた。勿論高級貴族も和歌を詠み、またすぐれた歌を詠む人も多くいたが、いまだ高級貴族たちにとって、和歌は一種の芸能であり、いわば余技とでもいうべきものであった。前述のように、高級貴族たちが晴の場に用いる屏風などの和歌は専門歌人たちに詠ませて、自身で詠むことはしなかった。そうした晴の場に出す歌を詠むのは、やはり自己の身分を卑しめることだと考えられていたからである。それが道長の時代になると、公任のような高級貴族までが屏風の歌を詠むような社会になってきたのである。

長保元年（九九九）十月、道長の長女彰子の入内が決まり、その儀式の場を飾る屏風の歌を、道長の依頼で公任ら多くの公卿たちや花山法皇までもが詠んだが、これは公卿の身分の人が晴の場の屏風の歌を詠んだ初めてのでき事であった。公任の従兄弟で小野宮家の当主の藤原実資も道長から和歌を求められたが拒否して、道長に追従する公任たちを次のように非難している。

上達部、左府（道長）ノ命ニ依リ和歌ヲ献ズ。往古聞カザル事也。……右衛門督（公任）ハ是レ廷尉、凡人ニ異ナル。近来ノ気色、猶ホ追従スルニ似タリ。一家ノ風、豈《あ》ニ此クノ如キカ。嗟《あ》乎《あ》痛マシキ哉。

（小右記・長保元年十月二十八日）

右大弁行成、屏風ノ色紙形ヲ書ク。華山法皇・主人相府・右大将（藤原道綱）・右衛門督・宰相中将（藤原斉信）・源宰相（俊賢）ノ和歌、色紙形ニ皆名ヲ書ク。後代已ニ面目ヲ失フ。但シ法皇ノ御製ハ読人知ラズ、左府ハ左大臣ト書ク。件ノ事奇怪ノ事也。主人、余ノ和歌ヲ責ム。献詞ヲ致シテ承引セズ。

（小右記・長保元年十月三十日）

花山法皇や上達部たちが、まるで身分卑しい歌詠みのように道長の娘の入内屏風の歌を詠み、しかもその歌を書いた屏風の色紙形には名前までを書いた。さすがに法皇の歌については「読み人しらず」としたが、こんなことは後代に恥をさらすことだ、というのである。

このでき事は、この時期になると和歌の社会的地位が高くなってきて、公卿も屏風の歌を詠み、さらにその屏風に自分の名を書いても大きな恥にはならない、と考えるようになってきたことを示すとともに、一面では、貴族社会に於ける道長の権力の確立したことをもよく示している。道長は、公卿たちに娘の入内屏風の歌を詠ませることで、自己の権威を社会に確認させようとしたのである。貴族社会のこうしたあり方は、人々にわずらわしい現実から離れて心静かに山居の生活にひたりたい、という思いを募らせることになった一因でもあった。

公任の歌には「山里」の風情を詠んだものが多くあり、そうした山里志向が公任の歌の特徴をよく示すものであるともいわれている(45)。

1　春来てぞ人もとひける山里は花こそ宿のあるじなりけれ　(公任集・一)

2　憂き世をば峰の霞や隔つらむなほ山里は住みよかりけり　(公任集・二二)

3　いづこにも秋は来ぬれど山里の松吹く風はことにぞありける　(公任集・八一)

1は、公任の北白川にあった山荘で詠んだものであり、2はその少し南の粟田《あわた》の地に人々と遊んだときのものである。3は、「山里」での生活を想像して詠んだ題詠である。公任に限らず、同時代の歌人たちにはこういった山里志向の歌が多い。ただし、それらの「山里」は、都を遠く離れた田舎や山深い地というわけではなくて、京の近郊の山荘などであった。「山里」の語は古今集以来多く詠まれてきていたが、それらは多く、

山里は秋こそ殊にわびしけれ鹿の鳴く音に目をさましつつ　(古今集・二一四・壬生忠岑)

山里は冬ぞさびしさまさりける人めも草もかれぬと思へば　(古今集・三一五・源宗于)

などと、山里の生活の堪えがたい寂寥感孤独感を詠んだものであった。ところが、公任の時代になるとかなり「山里」に対する姿勢が違ってきて、むしろ「山里」の生活は風雅で好ましいものとする性

格になってくる。都での世俗の生活に疲れた身をしばらく息め、鬱屈した心を癒す場であり、やがてはまた恋しい都の俗世に帰ることを前提にしての「山里」、いわば「山居趣味」とでもいうべきものになってきたのである。

卯の花に咲きこめられて山里に恋し都も忘られにけり　（源道済集・一七八）

公任もようやく最晩年になって出家するが、その地は都に近い北郊の長谷《ながたに》であった。都でのわずらわしい世俗の生活を厭う心に偽りはないものの、さりとてきっぱりとその都の生活を棄てきることもできず、ときどきには都の人も訪れるような山里での趣味的山居に心をやる、それが公任のころの多くの貴族たちのあり方であった。

求道としての山居と旅と和歌

十世紀後半に生きた増基法師は、諸国の名所を訪ねて美しい風景を見てまわる旅をすることは、世俗の日々の生活で身に積もった罪障を浄化することにもなるのだ、と考えて熊野詣でなどに出かけ、その道中で歌を詠み続けていた。

（熊野デ）ある人、かういひおこせたり

愚かなる心の闇にまどひつつ憂き世にめぐるわが身つらしな　（一六）

いほぬし（増基）も、この言《こと》を真心に、道心を仏のごとしと思ふ

白妙の月また出でて照らさなむ重なる山の遠《をち》にいるとも（一七）

（増基法師集）

この歌を送ってきた人もまた熊野詣での巡礼者であろう。「白妙の月」は、現世の長夜の闇に迷う衆生を導く仏法をいっている。増基は、この後に尾張などへも旅をしているが、見知らぬ土地での孤独の思いを責める旅は、求道にひとしいものであった。

増基の次の世代の人、源氏物語の書かれた直後の時代を生きた能因法師もまた、諸国を旅した歌僧である。能因は俗名を橘永愷《ながやす》といい、下級貴族の家に生まれて大学寮文章生になったが、二十四、五歳のころに出家した。その後は、一家の生活の拠点であった摂津国古曾部《こそべ》（高槻市）に移り住み、既に歌詠みとしても認められていたので、時々には関白藤原頼通の歌合などに召されて都にも出る生活を続け、その一方では諸国をめぐって多くの歌を詠んでいる。僧侶の身でありながらも、やはり終生歌や世俗の生活をも棄てきれずにいた。

出家しにゆくとて、ひとり之《これ》を詠む

今日こそは初めて棄つる憂き身なれいつかはつひにいとひはつべき（七二）

浜名のわたりへ行くとて

さすらふる身はいづくともなかりけり浜名の橋のわたりへぞゆく（一八四）

美州（美濃）に閑居五首　山中に禅僧を見る

白雲のたなびく山の峰に住む君を見るときわが身かなしも（一八九）

（能因法師集）

能因の出家の事情は不明であるが、最初東山の寺に入ろうと決意したときのことを、「初めて棄つる憂き身」といっていることからすれば、実際に出家を決行しようとする身としては当然ながら迷い躊躇した末の出家であった。ようやく寺に入ることまでは決めたものの、心静かに出家の生活に安住できる日はさらにこの先いつのことか、と不安のままの決断だったのである。既にこのときから真の出家者としての心身を得るに至るのが容易でないことを見据えていて、この歌はよくこの後の能因の姿をも暗示している。

出家してからの能因は、東は陸奥・出羽から西は伊与までの諸国を旅してめぐっているが、それはやはり増基などと同じく、孤独な旅に身を置く生活や各地の風物にふれることで、自己の俗心の浄化をめざしていたではなかろうか。勿論能因の旅には、そんなきれいごとに要約できないところも多くあったに違いないが、少なくともその一つには、頼りのない漂泊の生活に身を置くことが、修行僧の深山幽谷を経めぐるのと同様の意味をもっていたのではなかろうか。ただしこの点については、能因が諸国を旅したのは主として生業としていた馬の交易のためである、とする説もある(46)。

前掲の「さすらふる」の歌は『続詞花集《しょくしかしゅう》』に、「遠江へまかりけるとき、美濃守義通朝臣、国にありと聞きてまかり寄れりける。あるじなどして、「何事にて、いづこへまかるぞ」など申しければ詠みける」の詞書で採られている。つまり、長元九年（一〇三六）ごろ、友人の橘義通が美濃守として在国中だったので立ち寄ったところ、御馳走してくれて、「何をしに、どこへ行くのだ」と聞かれて詠んだ歌であった。同族で親しい友の義通にも、能因が何のためにどこに行くのかもわからなかったというのであるから、これが生業の馬の交易のための旅であったとは考えにくく、やはり行方定めぬさすらいの旅だったのであろう。「白雲の」の歌もこの美濃逗留のときのもので、「禅僧」は能因の友人源道済の子の懐円法師と考えられる。懐円は懐国ともいい、前述の大中臣輔親の天橋立殿に通って月を眺めていた僧である。懐円はもと後一条帝の「御読経衆」であったが、帝の崩御後には阿闍梨にもなれなかったので、「忽ニ道心発シテ美濃国ニ行テ、貴キ山寺ニ籠リタル（今昔物語集・巻二〇・三五）」という。宮廷僧であった懐国がさらに重ねて「道心」を発して都を棄て、いま美濃の山寺に籠もり修行している姿を見ると、不徹底なわが身の出家生活が哀しくなる、という歌である。

『二中暦《にちゅうれき》』第十三道家《どうか》の項には、「廬主《いほぬし》増基法師」「古曾部入道能因」などと並んで「大宮禅師道済男壊円道済男」の名が見える。「道家」は「道者」とも呼ばれた熊野参詣者のことである。[47]能因が熊野詣でをしたことは確認できないが、後世には諸国の寺社巡礼の旅をする道家と見られていたのである。半僧半俗の身ともいうべき能因にとっては、経文を読み修行することよりも、旅先で孤独感をかみしめ和歌を詠むことがそのまま求道であったと考えられる。

能因にはいま一つ「人ニ、スキタマへ、スキヌレバ秀歌ハヨム、トゾ申シケル（袋草紙）」の言葉などからうかがわれるように、和歌の「好き者」としての側面がある。「好き者」は女色について用いられることが多いが、何事によらず偏執的なほどに物事を徹底して追求する人をいう語である。能因の旅には、当時の上級貴族たちの微温的な山居趣味にはあきたりず、それをより徹底したものと認められるところがある。当時の人々の世俗出離の形として、十分な出家隠遁の生活とは別に、旅に出ることで一時的に俗世の日常から抜け出ること、いま一つは、世俗の中に身を置きながらも、和歌などの観念的な非日常の世界にひたることで、満たされぬ心の平衡を保とうとするものの二つがあった。この時期の和歌の題詠に、「山里」「山家」などが多く取り上げられているのは後者である。

こうした能因のあり方をさらに徹底して、よくその典型となったのは西行である。早く家永三郎は、西行にとって人里離れた山家で独り眺める月や花、自然の風物の四季のあわれこそが、宗教的な救済にも勝る精神の浄化作用をはたしていること、それはまた世俗の世界にあり続けた藤原俊成や定家ら新古今時代の歌人たちにとっての和歌も、同様の意味をもつものであったことを指摘している(48)。

源氏物語の書かれた時代を生きた増基や能因は、いまだその萌芽というべきあり方であったと考えられるが、やがて西行へとつながってゆく姿を既に認めることができる。ただし、西行への途はいま一歩のようにも見えるが、その一歩には多くの時間を要したのである。

注

はじめに

（1）井上光貞『新訂　日本浄土教成立史の研究』（山川出版社、1975）。その第二章第一節では、空也に対する源信らの浄土教を「美的瞑想的」としている。

（2）この問題については、増田「花山朝の文人たち」（『源氏物語と貴族社会』吉川弘文館、2002）p. 41～42参照。

第一章

（3）ここに「借金」ではなく「借銀」とあるのは、わが国では江戸時代前半まで、上方を中心に銀本位制が行われていたからである。なお、この引用文の漢字のルビはいま私に付した。

（4）ルース・ベネディクト『菊と刀』（長谷川松治訳、現代教養文庫、1967）。本書は、米国の対日戦争遂行および勝利後の日本統治のために、著者が米国の戦時情報局の一員として行った日本研究の成果である。本書には日本語に習熟していないことによる日本の文献の誤解かと思われる記述もまま見えるが、深い理解力と分析力によるその指摘には、同意できるところが多い。

（5）佐竹昭広「〈見ゆ〉の世界」（『萬葉集抜書』岩波書店、1980）は、古代人にとって物事の認識に、視覚が特別に重要な意味を持っていたことを指摘している。

（6）近年のものでは、東野治之「日記に見る藤原頼長の男色関係」（『ヒストリア』84、1995）、増田『平安貴族の結婚・愛情・性愛』（青簡舎、2009）第五章等参照。

（7）橋本義彦『人物叢書　藤原頼長』（吉川弘文館、1964）。

（8）漢和辞書類では『後漢書』の楊震伝により「天・地・相手・自分」の四者とするが、当時のわが国ではむしろ啓蒙的な『蒙求《もうぎゅう》』の「震畏四知」で知られていたと考えられる。『蒙求』には「天知、神知、我知、子知」とある。また『世俗諺文《せぞくげんぶん》』の「畏四知」には、『蒙求』をあげて、次いで『東観漢記《とうかんかんき》』

の「天知、神知、子知、我知」をあげている。

第二章

(9) 中国思想の「天」を簡略に説明したものに、平石直昭『一語の辞典　天』（三省堂、1996）などがある。

(10) 大野晋『一語の辞典　神』（三省堂、1997）。

(11) 藤壺の崩御した三十七歳については、「三十七にぞ。此としの重厄、此物語におほし。女のつゝしむべきとし也（細流抄）」とする。紫上も三十七歳のころ重病になっている。当時の厄年は「十余三、廿余五、三十七、四十九、六十一、七十三、八十五、九十一〈之ヲ厄年ト謂フ〉（口遊）」、「今年ハ三十七之厄ニ当ル、偏ニ専ラ其ノ謹ヲ為ス（平安遺文・四九五号、治安四年二月十五日・従儀師仁静解）」などとある。

(12) 多屋頼俊「源氏物語を構成する基礎的思想」（『多屋頼俊著作集第五巻　源氏物語の思想』法蔵館、1992）。

(13) 増谷文雄『業と宿業』（講談社現代新書、1969）。

(14) 阿部秋生『源氏物語研究序説』（東京大学出版会、1959）第二篇第一章には、源氏の須磨退居の準拠に周公旦の事跡があったことについての詳しい指摘がある。

(15) 柏木の「誤ち」や「恥づかし」については、増田「柏木の〈恥づかし〉〈過ち〉の意識と〈良心〉」（『源氏物語の展望第八輯』三弥井書店、2009）。

(16) 柏木に「良心」の萌芽的なものが認められることについては、増田「源氏物語の人物の論理・思考・行動」（『源氏物語研究集成第六巻　源氏物語の思想』（風間書房、2001）にもふれたことがある。また、注（15）をも参照。

(17) 古代には、相手を恋しく思ったりしたときには、夜寝ているときなどに魂が身体から抜け出して、その相手の夢の中に現れると考えられていた。「夜昼といふ別《わき》知らずあが恋ふる心はけだし夢《いめ》に見えきや（万葉集・七一九）」などの例がある。

(18) 『浜松中納言物語（日本古典文学大系）』（岩波書店、1964）巻一補注一三一。および「〈空恐ろし〉の意味」（『松尾聰遺稿集Ⅲ　日本語遊覧』笠間書院、2000）。

第三章

（19）増田「朧月夜と二条后」（『人文研究』第31巻第9分冊、1980.3）。

（20）この当時にも男女の性愛のさまを描いた絵が行われていたと考えられるが、これはそれに近いものではなかろうか。家永三郎『上代倭絵全史』改訂版（墨水書房、1966）は、文献に見える古い例として『恒貞親王伝』に見える唐絵の「偃息図《えんそくず》一巻」、大和絵では『能宣集（三三二）』の「又、男女けしからぬことどもかかれたるところに　うしろめた下の心は知らずして身をうちとけてまかせたるかな」をあげている（p.279）。

（21）注（15）の増田「柏木の〈恥づかし〉〈過ち〉の意識と〈良心〉」参照。

（22）女三宮が六条院に降嫁してきたとき、それまで南東の町の寝殿に住んでいた源氏と紫上は、寝殿を宮に譲って東の対屋に移り住んだ。源氏は主としてその東の対で紫上と同居しながら、寝殿の宮のもとに通うという夫婦関係だったのである。

（23）この語については「光源氏の古代性と近代性」（増田他編『源氏物語研究集成第一巻　源氏物語の主題・上』（風間書房、1998）にも述べた。南波浩『紫式部集全評釈』（笠間書院、1983）は当時の用例一九例を検討し、「疑心暗鬼（四例）」、「煩悩（一例）」「気のとがめ・良心の呵責（一四例）」に分類している。ただし、この分類は一語の語義の説明としてはやや統合性に乏しいように思われる。他に、久野昭「心の鬼」（国際日本文化研究センター・国際研究報告書8『日本文化と宗教』1996）、森正人「心の鬼の本義」（『文学』2001）などの論もある。

（24）永井政之「傅大士と輪蔵」（『曹洞宗宗学研究所紀要』8、1994.10）。

（25）宣長の「物のあはれ」説の近世における意味については、『本居宣長集　新潮日本古典集成』（新潮社、1983）巻末の日野龍夫による解題参照。

（26）この問題については、注（6）の拙著第四章参照。

第四章

（27）『作庭記』の成立年代および著者については、太田静六『寝殿造の研究』第三章第七節（吉川弘文館、1987）。

（28） 一条院については、注（14）の阿部秋生の著書第一章二「作者のゐた内裏」参照。

（29） 平安末期になると、貴族たちの経済力の衰退により、ついには「今夜女御殿御所三条高倉焼亡、放火云々。京中尋常家所残纔両三之内也。可惜々々（吉記・寿永元年二月二十一日）」という有様になっていたという。

（30） 『延喜式』雑式の「樺井渡瀬」は、いまの泉橋寺の付近とする説もあるが、より下流の綺田川原（いまの開橋付近）、近世の「藪渡《やぶのわたし》」の辺りと考えられる。院政期には、宇治から南下して綺田川原に出て、そこで休憩して競馬・笠懸などに興じてから、木津川左岸の柞杜（精華町祝園）に渡るのが例であった。「綺田」は、「蟹播川原（白河上皇高野御幸記・寛治二年三月一日）」、「加波多河原（中右記・寛治六年二月六日、同八日）」、「紙幡河原（後二条師通記・寛治六年二月六日）」、「綺河原（兵範記・保元二年正月十三日）」、「加播河原（山槐記・治承四年五月二十七日）」などとさまざまに表記されているが、「かわた」と読むのであろう。増田「平安京から南都への道—淀路—」（『高田昇教授古稀記念国文学論集』和泉書院、1993）参照。

（31） 増田「平安朝の名所絵屏風と屏風歌—白沙青松の風景—」（『武庫川国文』65、2005.3）。

（32） 宮崎県都城市の愛宕神社では、昭和三十年代ごろまで「シラスマキ」と称して、歳末に氏人が約三トン余りの白砂を境内にまいて神を迎える越年行事が行われていたという（「宮崎新聞」2004.12.31）。中世には、「白洲《しらす》」は白砂を敷いた武家屋敷の玄関先をいうが、これは白砂により聖なる場を演出するものであり、後には訴訟裁判の場を白洲と呼ぶのも、古代の神の降臨する場での判定の意味をもったのであろう。

（33） 大嘗会屏風の起源は不明であるが、『続日本後紀』天長十年（八三三）十一月十七日条には、「悠紀献屏風四十帖、主基献挿頭花二机、和琴二机、厨子十基、屏風廿帖」とあり、この屏風は両国の名所を描いたものであろう。

（34） 増田「村上朝の名所絵屏風」（『人文研究』第33巻第1分冊、1981.10）参照。

（35） 近世の「島台」や「蓬萊」について『守貞漫《もりさだまん》稿《こう》・二六』には、「蓬萊　古ハ正月ノミノ用ニ非ズ、式正ノ具ト云ニモ非ズ、貴人ノ宴ニハ唯臨時風流ニ製之、今モ貴人ノ家ニハ蓬莱ノ島台ト云、島台ト云ハ洲浜形ノ台ヲ云也、……今俗ハ島台ト蓬莱ハ二物トシ、島台ハ婚席ノ飾トシ、蓬莱ハ正月ノ具トシ、其製モ別也」とある。

(36) 住吉三神の鎮座したのは、摂津国住吉郡のいまの住吉大社の地とするのが通説であるが、本居宣長は、この兎原郡の本住吉社の地は「武庫山の支別の、南方へ長く引延たる尾崎にて、まことに長峡と云つべき地」で、日本書紀の文脈によく叶うとして、住吉郡の住吉社は後に移されたものだと主張している（古事記伝・三十之巻）。

(37) 増田「平安末期の〈広田社〉〈南宮〉〈西宮〉―続・白砂青松の風景―」（武庫川女子大学大学院『日本語日本文学論叢』1、2006.9）参照。

(38) 中川ゆかり『上代散文　その表現の試み』（塙書房、2009）第一章「神霊の憑り来るサキ」参照。中川は、丘の麓の突き出た「サキ」、海に向かって延びた「サキ」、川の「ホトリ」などは、人々が神を迎える地であったことを指摘している。

(39) 高橋文二『風景と共感覚』（春秋社、1985）は、当時の人々が月の光を眺めながら心中に想起していた情念について、源氏物語など当時の文学作品に描かれているところでは、過ぎ去った時間を哀惜する懐旧の情とともに、もはや取り返せない悔恨に満ちた過去が、月光により浄化されてゆくのをおぼえている、としている。

(40) 秀吉が聚楽第や大阪城、さらに淀や伏見に次々と豪華な城を築いたこと、および主筋の淀君を妻にしたことは有名だが、キリシタン宣教師ルイス・フロイスの記すところによると、秀吉はまた、美女を探し出す役目の医師を置いて各地から美女を集めて、そのうちの気に入った「二百名以上の女を宮殿の奥深くに囲っていた」という。『完訳フロイス日本史5』（松田毅一・川崎桃太訳、中公文庫）第四五章。

(41) 三谷栄一『物語史の研究』（有精堂出版、1967）第三編第三章。また同氏『日本文学の民俗学的研究』第一章参照。

(42) 高陽院の沿革については、太田静六『寝殿造の研究』（吉川弘文館、1987）p.257～261、および朧谷寿『平安貴族と邸第』（吉川弘文館、2000）などを参照。ただし、太田氏は既に万寿元年（一〇二四）には四町であったとするが（p.247）、確認できない。『帝王編年記』天喜元年（一〇五三）正月八日条に、その四至について「南北二町、起北土（「中」カ）御門迄南大炊御門、東西二町、起東（「西」カ）洞院迄西堀川」とあり、これによれば既にこの時期には四町を占めていたことになるが、誤記もありやや信憑性に欠ける。少なくとも平安末期には東は西洞院大路までを占める四町の屋敷であった（山槐記・治承四年二月二十一日）。

（43）「海龍王」の名は、既に若紫巻に明石君を海龍王の娘とする話が見え、四季四面の家も、『弘安源氏論議』に吉祥天女の本説としてあげる『四天王経』などに関係しているのではないかとする説もあるが、不明である。野村精一「六条院の四季の町」（『講座　源氏物語の世界第五輯』（有斐閣、1981）参照。

（44）注（41）三谷氏の著書参照。

（45）小町谷照彦『古今集と歌ことば表現』（岩波書店、1994）第四章第三節。

（46）目崎徳衛「能因の伝における二、三の問題」（『平安文化史論』桜楓社、1970）は、能因の歌に馬に関するものが多いことなどから、馬の売買を仕事にしていて、諸国への旅は馬を仕入れに行ったのだとしている。能因の旅や歌道への執心が求道の意味をもつことについては、増田「能因の歌道と求道―歌道における「すき」の成立―」（古代学協会編『後期摂関時代史の研究』吉川弘文館、1990）参照。

（47）黒田日出夫『姿としぐさの中世史』（平凡社、1986）は、『一遍聖絵』などに描かれた白装束の浄衣姿の熊野参詣者を「道者」とする。

（48）家永三郎『日本思想史に於ける宗教的自然観の展開』（創元社、1944）。

おわりに

源氏物語はすこぶる長い物語であり、次々にさまざまな問題を担った多くの男女が登場している。この物語が取り上げているのは主としてそれらの男女の関係であるが、その男女の関係に関わりながら、当時の人々の生活の多岐にわたる側面が描かれている。しかもそれらの人物のあり方や男女の関係は、作者の作家としてのすぐれた資質をもった問題意識と記述力により、細部に至るまで具体的に深く書き込まれている。その点では、十世紀末から十一世紀初めごろの貴族社会のあり方や、その時代に生きた人々の内面生活をうかがうには、比類のない手がかりを与えてくれる資料でもある。

勿論、源氏物語は文学作品であり、この作品のもつ意味は何よりも文学作品としてのおもしろさにある。われわれが文学作品に求めているもの、文学作品を読んだときにもたらされる感動の第一は、そこに登場する人物たちの如何に生きるべきかに悩むあり方にふれることであろう。源氏物語の人々は、いずれもみな如何に生きるべきかを模索しながら、自己の「生」を誠実に生きようとしている。この物語が成立当初から当時の人々に深い感動と共感をもって読まれたのは、単なる読み物とでもいうべき地位にあったそれまでの「物語」のジャンルに、この如何に生きるべきかという問題意識を持ち込んで、さまざまな登場人物により繰り返し追求したことにあったと考えられる。

この物語の最初に登場する空蟬という女性は、女たち誰しもの羨む光源氏という高貴な男に言い寄られる機会に恵まれながらも、その幸運をきっぱりと拒否している。空蟬が源氏をあきらめたのは、近代的に説明すれば、自己の誇りや主体性を大きく損なう源氏との関係を受け容れることができないと考えたからである。物語最終部の主人公浮舟が二人の男との間で、自己に生活の安定をもたらす薫に従うべきだと繰り返し自分にいい聞かせていたのに、匂宮にひかれる心を抑えきれずに破滅の道を進んでゆく姿には、人間における理性と情念の問題や、安定した生活と「生」の充足感のどちらをとるか、というい つの世にも変わらぬ人間の生き方についての難問が提起されている、と読むことができる。この物語に登場する主要な女性たちに共通するのは、これも近代的ないい方をすれば、自己の生を主体的に生きたいという強い願いである。この物語の人々は、自分の置かれているそうした状況を明確に意識するにはいまだ遥か遠いところにいるが、しかしかすかながらも漠然と心づき始めている。本書では、当時の人々がそういう状況に身を置きながら、日々の生活の中で何によろこび何にかなしみ、何を考え何を感じながら生きていたのか、それをも合せて記述したいとねがっていたが、筆者の力不足と紙数の制限の関係もあって、いまだ不十分なところの多いものになっている。

本書の第一章は、平安時代の人々が自己と他者や社会との関係をどのようなものとして考え、社会生活をしていたかについて考えようとしたものである。第二章は、主としてこの物語の人々が人間を超越した存在をどのように意識していたか、中国思想の「天」や仏教の「仏」といった超越者の概念をどのように理解してうけ入れ、それをどのように内面化していったのか、それまでの自己中心的なあり方から、自己を対象化する視点をどのようにして持ち始めたのか、といった問題を取り上げようとしたものである。第三章は、この物語の中心的テーマである男女の関係のうち、特に繰り返して描かれている人妻との「密通」という問題を考えようとしたものである。「密通」という反社会的・不倫の関係は、西欧においても古くから近代文学に至るまで絶えず取り上げられてきた。密通が文学の重要なテーマであり続けてきたのは、男女の情念といった理性では制御できない「生」の基層から発する生命の活動は、社会の秩序や道徳などがそれを強く抑圧するときには激しく反撥し、破滅をもいとわぬ衝動となって抵抗して、人間の生命力のもっとも緊張した姿を見せ、破滅のせつなさをうったえるところがあるからであろう。この物語が「密通」を繰り返し書いているのは、漠然とながらもそれに心づいていたからではないかと考えられる。

第四章は、寝殿造住宅の白砂の庭のもつ意味を手がかりにして、当時の人々と自然との関係を考えようとしたものである。これについても、庭園の草木など自然の四季の移ろいを通じて意識されるこの世界の推移の認識など、他にも取り上げ得なかった問題が多い。

一般に文学作品によって、その作品に書かれている「思想」といった問題を取り上げることの困難さは、文学作品には本来「思想」といった抽象的な概念操作にはなじまない性格をもっていることである。文学作品はこの世界の物事の具体的個別的なあり方を追求し、その細部まで認識しようとする性格をもっている。この人物がいまおぼえている悲しみやよろこびは、どういう悲しみでありどういうよろこびであるのか、それをより個別的具体的に形象しようと志向する傾向がある。それに対して「思想」といった哲学的な思考は、物事の個別性具体性を抽象し概念化することによりもたらされるものであり、この二つの立場は認識活動として逆の方向にあるものなのである。本書は文学研究の立場から問題を取り上げようとして、作品の記述のもつ具体性個別性の損なわれないように説明しようとしたために、抽象性が曖昧になり、問題を明晰に整理できないところを多く残しているところがあるのも、心残りの部分である。改めて次の機会をまって述べてみたい。

◇著者紹介

増田繁夫（ますだ　しげお）

1935年　兵庫県小野市生まれ
京都大学文学部卒業
梅花女子大学、大阪市立大学、武庫川女子大学等に勤務
現在　大阪市立大学名誉教授
専攻　国語国文学
著書　『右大将道綱母』（新典社、1983）
『冥き途―評伝和泉式部―』（世界思想社、1987）
『源氏物語と貴族社会』（吉川弘文館、2002）
『平安貴族の結婚・愛情・性愛』（青簡社、2009）等

人文学のフロンティア
大阪市立大学
人文選書　1

源氏物語の人々の思想・倫理

2010年3月31日　初版第1刷発行

著　者　増田繁夫
発行者　廣橋研三
発行所　和泉書院
大阪市天王寺区上汐5-3-8（〒543-0002）
電話 06-6771-1467／振替 00970-8-15043
印刷・製本　遊文舎
ISBN978-4-7576-0553-4 C0395